JN315442

ぼくのスター

一穂ミチ

幻冬舎ルチル文庫

CONTENTS ✦目次✦

ぼくのスター

✦イラスト・コウキ。

✦カバーデザイン＝久保宏夏（omochi design）
✦ブックデザイン＝まるか工房

ぼくのスター

誰だって、自分の「最期《さいご》の瞬間」を想像した経験があるはずだ。病気なのか、事故なのか、はたまた事件なのか。それは一体いつ、どんなかたちで訪れるのか。そして、そのエンドロールの長さと苦痛の程はいかばかりなのか。

安楽椅子《いす》で揺れながらとろとろ日向《ひなた》ぼっこしていたら、駆け寄ってきた孫が「おじいちゃん寝ちゃったの？」――ないない。そんな理想の死に方ランキング不動の一位って感じの締めくくりには、絶対ならない。安楽椅子とやらに腰を下ろす機会さえ訪れ得ないかもしれない。ていうか椅子って揺れなくていいし、別に。

ご臨終もチケット制ならいいのに。半券をもぎられて、はいさようなら。手元にあったなら今、ミシン目を裂いてしまうかもしれない。ぴり、と小気味いい音、指をかすかに刺す、切り離した後のちくちく。

ベッドの中で丸まって、イヤホンを両耳に突っ込みながら侑史《ゆうし》は考える。ご臨終券は結構お気に入りの妄想だった。自殺願望、なんて大それたものじゃない。絶対にいつか来ると分かっているものなら、今でいい、そう思うだけだ。宝くじが当たったら何に使おう、と想像するのと大差ない。我が身で暖めた布団に包《くる》まり、「彼女」の歌声を聴きながら目を閉じているうちに鼓動は緩やかになり、血液はしばらく惰性で流れ続けるが、これまでの人生に比べればほんのわずかな間だけだ。脳がありとあらゆる臓器をリストラするのはパソコンのシャットダウンにかかる時間程度だろうか。

いけない。

つい耳がお留守になって、いちばん好きなソロパートのくだりを聴き洩《も》らしてしまった。目を開けてiPhoneの画面に触れる。せっかくだから音だけじゃなくて、MV観よう。ダウンロードしたばかりの新曲は、発売前から中国あたりのサイトで違法にアップされていて、正規に入手する頃には三百回ぐらい観た後だけどちっとも飽きない。パソコンやテレビより、こうしてちいさな液晶で観るのが好きだった。

手のひらに収まってしまう彼女。学校の屋上で、体育館で、校庭で、砂浜で、くるくる踊っている。正確には彼女たち、だけど、侑史の目にはその中でもっとも光り輝いているひとりしか目に入らない。十人超の声が何のひねりも技巧もなくミックスされた歌は、いつも侑史にマーブルチョコレートを連想させる。均質で、ひび割れやすいカラフルな糖衣にコーティングされたそれらは混ざって溶け合うということがない。近づけばちゃらちゃらおはじきみたいな音を立てるだけだ。そして彼女は黄金の一粒。

ほんとはね　ずっと好きだったの
でもこっそり恋の相談してくれた
あの子も　大切だったから

さっき聴き逃した、ソロの部分。全体のダンスから彼女のアップに映像は切り換わる。演出なのか撮影日の天候を生かしただけなのか、強い風に耳の高さで結わえられたツインテールが流れる。その髪の毛一本一本のなびき方さえ脳の神経細胞に刻み込んで完全に保存してしまいたい。手のひらの端末でいつでも再生できる時代にあってこんなにももどかしいのだから、もう二十年も早く生まれていたら苦しくて胸をかきむしっていたかもしれない。どうしてこんなにきれいで、かわいくて神々しいのか。

プロフィール上は一五八センチとなっている身長は、小顔のためにもっと高く見える。タータンチェックのプリーツスカートから伸びる、型にはめて育てたようにまっすぐな脚。白い肌と、対照的な黒の濃い瞳《ひとみ》。まったく彼女——久保田《くぼた》ほたるは完ぺきだった。

MVを十回リピートしたあたりでセットしていたアラームが鳴る。午前一時五分前。蜜月《みつげつ》だったベッドとあっさりお別れした。もうすぐ始まる深夜番組にゲスト出演するからだ。テレビをつけ、ツイッターのタイムラインをチェックする。三十分ほども前から「ほたるん待機！」のつぶやきに溢《あふ》れていて、頬《ほお》をほころばせた。同じ対象を愛している仲間がいる、というだけでこんなに温かい気持ちになれる。「ほたるん」という一本の糸でさえつながっていれば、外見や身なりや人格など問題にならない。

下から玄関のドアが開く音がした。父母のどちらか。そして残るどちらかはいつの間にか帰宅していたのか、まだなのか、侑史には定かでない。夕方、カップラーメンを食べてからは音楽を聴きつつ時折うたた寝を挟んでベッドにこもりっぱなしだったので。刻々と更新されるTLを眺めながら、テレビにつないだヘッドホンを装着してその時を待つ。タイトルのCGアニメーション、司会者のオープニングトーク、そんなのどうでもいい。

『では、本日のゲスト、「ベビーブロッサム」の久保田ほたるちゃんでーす』

スタジオでスタッフが合図しているに違いない、上っつらの歓声と拍手、それさえ彼女に捧げられているものだと思うと、観覧席にいるひとりひとりにお礼を言って回りたくなる。あ、でもムサシさん観覧当たってたんだっけ——一方的にフォローしているご同輩を思い浮かべる。といっても会ったことはないからツイッターのアイコンだ。飼い犬なんだろう、ポメラニアンのきょとんとした顔。ネタばれになるから放送日までレポは控えるって言ってたけど、ひょっとしたらこの後ブログ更新してくれるかも。楽しみがひとつ増えた。テレビの液晶と携帯の液晶を、目はせわしなく行き来する。

ちゃちなセットのゲートをくぐって現れたほたるは淡いグリーンの、膝上《ひざうえ》のワンピースで、TLは一瞬にして「かわいい」で埋まってしまう。侑史も同感だった。こうしてリアルタイムで皆（侑史はほたるんのファンを百人ばかりフォローしている）の感想を追いながらテレビを見ていると、どうにかなりそうに楽しくてたまらなかった。ひとりでじっくり鑑賞したければ録画を何度も見返すし、ツイッターのログを取っておけばいつでも当時の感動が味わえる、ITなんて何もかもがオタクのためにあるものだと思う。

彼女はソファに浅く腰かけ、決して猫背にはならない。両手はお腹《なか》の前で控えめに組まれ、両膝は接着されたみたいにぴっちり閉じている。ささやかな油断がそこに隙間《すきま》をゆるし、奥の下着がちらりとでも覗《のぞ》けたら——そんな不謹慎なつぶやきを洩らす者は、侑史のＴＬ上には存在しない。フォローする相手は厳選に厳選を重ね、下品なオタは避けた。心の中の声までは分からないが、アイドルに対する崇拝の仕方、というのを心得ていそうなファンを、侑史なりにふるいにかけた。

侑史はといえば、読むばかりでほとんど投稿しない。今みたいな実況中に、数少ない相互フォロワーと二、三度応酬するぐらいだ。あまり交流には興味がないのと、コンサートにも握手会にも行かない「在宅」だから何となく肩身が狭い。生で観るとか、ましてや彼女の視界に自分が入ってしまうとか、想像しただけでも失神しそうだった。「認知もらった」と喜んでいる書き込みなんか見ると、よく神経が保《も》つなあとふしぎで仕方がない。

——メンバー、十五人もいるんでしょ、ほたるちゃん含めて。

——そうですね、あと「シード」っていう待機組の子たちがいてそれは二十人です。

——年の近い女の子ばっかりでけんかになったりしない？　上下関係っていうかライバルでもあるわけじゃない？　ファンの支持度によって、しょっちゅうシードの子と入れ替わって。それって一軍二軍みたいな感じでドロドロしてそう。

——全然ないです。みんなすっごい仲いいです。

——ほんとにー？

——はい。交代でお菓子番っていうの決めて、持ってくるようにしたり……

何度となくされた質問に、ほたるは判で捺《お》したように答える。この、ウケようとか感心させようという意気込みのまったくないところが素敵だ、としみじみ思う。アイドルは奇をてらったりしなくていい。

女の子の群れはひとりひとり、他とかぶらなくてキャッチーで男がぐっとくるキャラ付けに余念がなく、だからこそほたるの無色透明さが際立つ。お姫様の特権。何言ってもうそっぽいよね、感情のないお人形みたい。アンチが批判する点こそが、侑史にとってはたまらない魅力だった。

仮に今の姿が演技だとして、ほたるの素など知りたいとは思わない。彼女も、分かってもらいたいなんて思わないだろう。ぴしりと背筋を伸ばし、しゃんと脚をそろえ、いつどのカメラに抜かれてもいいような「ほたるん」をキープする。鏡を見なくても、完ぺきに自分の作っている表情を把握しているに違いない。それが私の仕事、と思い定めた、太い芯《しん》が彼女をまっすぐ支えているに違いない。だからこんなにも気高くて美しい。

侑史は外界のすべてを遮断し、ほたるが作り上げたシャボン玉の中でうっとりと浮遊する。録画を反復し、あちこちのブログや情報サイトを巡回して昔の動画を漁ったりしているとあっという間に明け方で、そこから眠りにつけば当然起床は昼を回る。目覚めると、窓を除いた三方の壁面に貼りつくされたほたるんのどれかと出会える。本日が百％平日だという事実はすこしも侑史を慌てさせない。

一階に下りると両親の姿はとうになく、ダイニングテーブルに五千円札が一枚、コップを重しに残されていた。昼食代の名目で一日千円もらうのが、ちゃんと毎日学校に通っていた頃からの取り決めなのだが、千円札が財布にないとこうして高額紙幣になる。五千円なら五日分、一万円なら十日分、というわけではなく、翌日もテーブルから湧《わ》いてくるみたいに金は置かれる。いい大学を出て、大企業勤務で多忙を極める両親は頭がいいはずなのに、こんな簡単な算数も分からないのがふしぎだ。忙しすぎて札の色も判別していないのだろうか。ありがたく受け取って、ＣＤやら雑誌を買う資金にしているけれど。

ひとりで生のままの食パンを食べながら携帯をいじっていると、リマインダーが作動した。ほたるのグラビアが載った雑誌の発売日。今が旬のアイドルだからあらゆるメディアで露出は多く、それを逐一追いかけるこっちもなかなか忙しい。あと、夜八時からの歌番組にゲスト出演のはず。時間はまだたっぷりあるから、勉強に手をつけることにした。数Ⅲの教科書を開いて読み、例題から応用題まで十ページ分、独学で進める。理解のほどは心許《こころもと》ないが、最低限やっていれば平均点は切らないという感触は去年の一年間で得た。そう、十日に一度ぐらいは登校し、試験にはちゃんと出る。ぎりぎりの日数、ぎりぎりの点数があれば取りあえず卒業はさせてやるから、と教師から言われている。難関大への合格実績を競うような進学校ではないし、留年生など出す方が学校としても色々面倒なのに違いない。

——いじめじゃないんだな？　違うんだよな？　聞き取り調査とかしなくていいんだな？後になって「実は……」とかやめてくれよまじで。放置してたとか責められたって困るんだからさぁ……。

くどいほど釘《くぎ》を刺してきた、学年指導の担当の顔を思い出してすこし笑った。陰気な五十代の、世界史の男が「まじで」なんて表現をさらりと使ったのも、あの時おかしかった。

侑史は飛び石的に学校に行く。コンビニにも行くし、ベビブロのCDの店舗別特典を求めて電車に乗り、タワレコとTSUTAYAとHMVをはしごする日もある。引きこもりまではいかないと安堵《あんど》する日もあれば、引きこもるほど突き抜けられもしないと自己嫌悪を強くする日もある。考えることから逃れるためにヘッドホンで防御する。携帯をいじる。パソコンやテレビの画面に向かう。情報で溢れていて、いつまでだって自由に侑史を泳がせてくれる海。手でどこをすくってもほたるはかわいくて完全無欠だった。きらきらのアイドル。スポットライトを浴びて輝いてるんじゃない。あの子の輝きで電気が点《つ》いてる。

いいことも悪いこともない人生の、普通に歩むべき路線からずるずると片方脱輪のまま進むのろまな列車だ。時々、軌道修正されないレールと車輪が甲高《かんだか》くこすれ、火花を発する。

でもそれもほんの一瞬ですぐ忘れてしまう。自分よりほたるについて考える方が楽しい。三百六十度どこから見ても愛らしいほたる。あどけない声で歌うほたる。ダンスは上手じゃないけど、女の子らしいやわらかさがあって、躍動する手足に指で触れたらマシュマロみたいにふわりと沈んでいきそうだ。いつもぴかぴかのほたる。睡眠が平均二時間しか取れなくても文句を言わない（スタッフ談）ほたる。

ほたるがいるから毎日楽しい。ほたるのことを考えているから生きていける。逃避じゃなくて希望だ。君がいれば。


その日のいちばん重要な仕事は、コンビニに行ってほたるのグラビアが載っている週刊漫画誌とテレビ情報誌を購入することだった。やっと中間テストが終わり、外に出てのびのび呼吸ができる。

ついこの間まで、道々で重たげに咲きこぼれていた桜の花が今は跡形もなく、地面に落ちる梢《こずえ》の影さえ真新しい緑色を帯びている。はっと焦る気持ちが芽吹くのはこんな時だ。服装の移り変わりとか行事のニュースには心動かされないのに、こうして人間の都合とまったく関係なく代謝を続け、未練なく次から次へと移ろっていくささやかな世界。空の色、夜明けの時間、川に映る光の強さ。何ひとつ、侑史に干渉しようとしないものたちの行く足に追い越され続け、自分も何かしなければならないような気持ちになる。

でもそれも、耳に挿し込んだイヤホンから流れるイントロが終わるまでの短い物思いに過ぎない。本当はＭＶを観ながら歩きたいけれど、前に車とぶつかりそうになってから懲りた。自分みたいなのをはねて前科でもついたらドライバーが気の毒で仕方ない。

遅い昼食と目当ての雑誌を無事に入手した。ランチのピークを過ぎて、次の入荷までの虫食いになったまばらなショーケースが好きだ。人気がなかった（と思われる）商品を手に取ることで、ささやかに善行を積んだような錯覚に浸れる。だって、廃棄をひとつ減らせたかもしれない。

その日は高菜のおにぎりがやけに余っていたのでそればかり三つ選んだ。あと、牛乳、トイレットペーパー、サランラップ、詰め替え用の洗剤。家の中で暇なのは侑史だけだから、こうした補充は気を付けている。罪滅ぼしともいえない貢献だ。

帰ってもそもそおにぎりを食べると、きれいに手を洗って、完全に乾燥したのを確かめてからよし、と心の中で気合いを入れる。

中綴《なかと》じの雑誌の中央を開き、ホッチキスの針を慎重に外す。ばらばらになった紙の、九十%以上は不要だ。表紙と、巻頭の十ページだけ。表紙のほたるはとてもかわいいのに、連載している漫画のカットや題字があちこち邪魔をしているのが残念でならない。それでも、保存するためカッターと定規でまっすぐに裏表紙と切り離す。

グラビアページも同じ要領でほたるの部分だけ切り取ると、一ページ一ページ心を込めてスキャンし、「ほたるん」のフォルダに残す。現物ももちろん、クリアフォルダーに収納。

これで何冊目だろうか。見返すかと言われれば、歌や映像ほどには自分的需要がない。しかしこうしてほたるに関する何かを「蓄積する」という行為が大事だった。精神集中、精神統一、そして達成感と癒《いや》しをくれる。写経とかに近いものがあるかもしれない。

ツイッターで、すでに手に入れた同志のつぶやきをチェックする。超絶かわいい。最高。これだけのために買う価値あり。などという賛辞にそうですよねと心の中だけで頷《うなず》いて再びヘッドホンを身に着ける。去年のライブDVD。今年は東京ドームでのコンサートもうわさされていて、初めて生のほたるを見てみたいと思う反面、臆《おく》してしまう。幻滅するってことはないけれど、何だろう、この気持ちは。そこで人生が完結してしまうかもしれないからだろうか。これ以上の瞬間が訪れない、という、喜びと一体の絶望。ものすごく信心深い人は聖地を巡礼するのが怖くないのだろうか。これを果たしてしまったらあしたから何を支えに生きていけばいいんですかって——。

そんなくだらないことを考えている最中、耳がふと雑音を拾った。

——……せーん。

ライブはちょうどバラードに入るところで場内は静まり返っている。ここからの声じゃない。空耳かな。

——すいませーん。

違う。いる。家の中だ。ヘッドホンを外すと、はっきりとした男の声がした。

「誰もいないんすかーあ」

誰？　一瞬でパニックになった頭の一部がやけに冷静にチャプターをバックする。帰宅した時、気持ちが逸《はや》っていたのと、買い物袋をがっさりぶら下げていたから施錠し忘れたかもしれない。

でも、だからって家の中まで入ってくるか？　泥棒や強盗じゃないとしたら勧誘、セールス、もしくはそれこそ宗教の……失礼なこと考えてすいません、何教にも入りたくないです。

とにかく、帰ってもらわなくちゃ。ヘッドホンを外し、慌てて立ち上がった拍子に、机の上からバラした週刊誌の紙が一枚はらりと落ちてきて、いったいどんな内容なのか、ヤンキーのアップのコマを踏んで、前のめりに滑った。

「った！」

こんなに見事に転んだのは久しぶりだ。その音が響いたらしく、侵入者は階段を上がってくる。

「おーい」

膝をしたたかに打ち、涙が出るほど痛くて動けない。どうしよう。どうしよう。声の感じからして若い男のようだった。もちろん心当たりはない。真っ昼間に他人の家に堂々と上がり込む神経の相手と渡り合うのは怖い。

でも一一〇番する思いきりもなく、床に手をついたままうろたえながら何もできずにいる侑史の目の前でドアが開いた。

とっさに、どうしてそんな言葉がこぼれたのか分からない。

「ほたるん？」

似ても似つかない、似つくはずのない、知らない男を見上げて侑史はそうつぶやいていた。口が勝手に動いた感じだった。

「は？」

不法侵入者はまったく悪びれない態度で顔をしかめ、それからほたるのポスターで埋め尽くされた部屋中を眺め回してから「うん」とやけにはっきり頷き、言った。

「キモ」

「はい」

そんなことは重々承知です、とばかりに侑史も頷き返した。それはいい、ほんとのことだから。

で、誰？

「早瀬《はやせ》侑史って、お前？」

「はい」

「おお、よかった。人違いだったら俺、不審人物だからな」

いや、すでに。体勢を立て直すこともできない侑史の前にそいつはしゃがみ込み「俺、芹《せり》沢《ざわ》っていうんだけど」と名乗った。その時ようやく、侑史と同じ高校の制服を着ていることに気づく。

「芹沢航輝《こうき》。知ってる？」

　思いっきり首を横に振る。

「だよなぁ、だって俺もきょう、初めてお前見たもん。あ、お邪魔してます。インターホン何回鳴らしても出なくてさ、試しにドア引いたら開くからびっくりしたわ」

　芹沢、と名乗った男は侑史の後ろに目をやり、未《いま》だ流れっ放しのＴＶ画面を見て「なるほど」と言った。

「これに夢中だったわけだ。はは。平日の真っ昼間から、キモ」

　二度目。しかし、あまりあっけらかんと笑顔で言うので、傷つく気にもなれない、というかそれどころじゃない。

「あの……」

　侑史はやっとのことで勇気を振り絞る。

「どちら様ですか……？」

「だから、芹沢」

　いや、だから。

「三年五組の出席番号十五番だろ？　お前」

「え……」

クラスはともかく、番号はどうだったっけ、などと考えている間に芹沢航輝は続ける。

「俺、八番なんだよ」

「え？」

「まあ、要はクラスメートってこと。よろしく」

言い切られても。

「あの……芹沢くん……？」

「芹沢でいいよ」

「う、うちに何か用事？」

プリントとか給食（ないけど）のデザートとか？

「いやいや、お前と会ったことなかったからさ。俺も、ちょいちょい学校休むんだけど、いつ行っても机ひとつぽっかり空いたままで気になっちゃって」

空席の机、なら侑史も覚えている。中間テストの三日間、無人のままだったのでとりわけ目立った。そこだけ落とし穴みたいに制服の列が途切れて、やけにわびしい。自分の不在も傍目《はため》にはそのように映っているのかと想像すると何だかいたたまれなかった。

「そっかー、お前が早瀬かー」

相変わらずひとりで納得しているかと思えば、不意に真顔になって「で、何で？」と質《ただ》した。

「えっ」

「何で学校、あんま来ないのかって。先生に訊《き》いても一年の終わりぐらいからああだからってさ、それ答えになってねーじゃんみたいな。病気とかじゃないんだよな？」

「えー……」

他人とこんなにしゃべるのも久々なのに、ましてや初対面。とっさの言い訳なんて思いつくはずもなかった。

「い、行きたくない、からです」

「え、何。ひょっとしていじめられてんの？」

誰かに責任をおっかぶせる心臓もない。

「いえ、あの……ほんとにただ、行きたくなくて……面倒っていうか」

「え、まじで？　そんだけ？」

「はい」

「親、何も言わねーの？」

「特には……」

「まじでか、すげーな、でも駄目だろ」

とてもリズムよく、言葉をぽんぽんぶつけられる。

「すいません」

「いや俺に謝ったってさ……つーか敬語やめろよ」

「はい」

「『うん』」

「う、うん……」

「よーし」

芹沢航輝はにこっと笑った。

明るくて力強い笑顔だった。眉《まゆ》と目が上がり気味だからややきつい印象はあるものの、泥くささのない整った容貌《ようぼう》だった。それだけでもう、すごく苦手。

「ついでにあしたからちゃんと毎日来いよな」

さらっと重い要求をつけ足されて、機械的に頷きかけた頭がいやいや、と静止する。

「ええ?」

「ええってお前、学校ってそういうもんだろ」

「そうかもしれないけど」

「かもしれないじゃねーっつの。しぶといなー」

「いや、でも、あの、」

親も教師も、ぎりぎりのラインにさえ踏みとどまっていればよし、と暗黙の許可をくれているのに、どうしてきょう会ったばかりのクラスメートにそんなことを言われなければならないのか。理解に苦しむ。

「何で芹沢くんがわざわざ」

「んー。欠員がいるクラスってなんか、不健全な感じじゃん。病気ならともかくさあ」

「不健全……」

復唱してみても納得できない。

「俺、お祭り好きなのな。文化祭とか、行事はこう、クラス一丸でやりたいの。卒業式にはみんなで黒板に落書きしたいの。そういうのってよくない？」

よくない。どころかかなり侑史が避けたいテンション——とははっきり言えないので「う、うん」とか言葉を濁していると「だろ？」と肯定へとねじ伏せられる。腕相撲《ずもう》で、ばたんと手の甲がついちゃった感じだ。

「なのに登校拒否児がいるとか空気悪いし、お前もたまにしか学校こないからますますサボりのループに入っちゃうんだよ。卒アルの集合写真、空中に楕円で参加したいかー？　な、やだろ？」

どうせ一度も開かないと思うし。

「じゃ、そういうことで、な。俺もあしたは行くから。待ってるからな」

とうとう、まともな姿勢で話すひまさえなかった。自称クラスメートはぽんぽんと侑史の肩を叩《たた》いて立ち上がり、もう一度壁を視線で一周すると「そういえばさ」と言った。

「は、はい」

「これ、久保田ほたるだろ？　ベビブロの」

「……うん」

「好きなんだ……いや、違うな」

「えっ」

「超好きなんだな」

好き、などという言葉では収まりきらない。でもそれを表明するのはいくら何でも痛々しい。

「えと」

侑史が口ごもっていると触れてほしくなかった件について突っ込まれた。

「お前さあ、何でさっき俺のこと見て『ほたるん』って口走ったの？」

むしろこっちが知りたい、謎《なぞ》だ。うつむいて、真下にあるフローリングの溝を視線で辿《たど》る。じっと石になり、航輝が諦《あきら》めて立ち去ってくれるのを待った。しかし。

「おいっ」

「わっ！」

鼻先でぱんっと手が打ち鳴らされた。その大きな音にびっくりして反射的に顔を上げてしまう。すると目線は見えないピンで留められたように航輝から外れなくなる。

「俺の声、聞こえてるよな?」

頷く。

「言ってる意味も分かってるよな?」

もう一度。

「じゃあ無視んなよ。言いたくない、でも何となく、でもいいから、とにかく答えろって。黙んな」

怒ってはいないようだった。

おそるおそるそう答えると、「そっかー」と今度は航輝が首を縦に振った。

「……分からない」

「はは、キモ。じゃあまたあしたな。あ、鍵締《かぎし》めろよちゃんと」

やっぱり陰湿さのまるでない口調で、ぐさりとはこなかった。

航輝が出て行くと、家の中は急に静まり返った。いつもこんなに音がなかっただろうか。狐《きつね》につままれたというか、夢を見ていたようだ。のろのろ立ち上がり、玄関の鍵をかける。守られる、という安心より外の世界から隔離されてしまった気がした。

流しっ放しだったDVDは、バラードからダンスナンバーへと移っている。そこから鑑賞を再開したが今いちテンションが上がらす、いちばん最初から観直すことにした。曲順からMCの内容からカメラワークの構成まで、すっかり頭に入ってしまっているステージ。当た

り前だけど、さっきの事件の前後でほたるの表情や声は何ひとつとして変わっていなかったので侑史は何だかほっとした。

自分的には、例えて言うと「乗り物で産気づいた妊婦に遭遇する」ぐらいの衝撃的でレアな出来事だったが、数時間も経《た》てば心の中のインパクトも薄れ、言ってしまえばもうどうでもよくなった。それこそ夢でいいです。「行く」とはとうとう答えなかったし。理想の学園生活、という自己満足の道具になるのはごめんだ。レゴブロックじゃあるまいし、勝手に役を決められて配置されるなんて——と目の前にいないから威勢のいいことを思える。

そして、この件についてあれこれ考えるよりもっと建設的な行動を取ろう、と決意する。すなわち夜の音楽番組、深夜のバラエティに備えて仮眠を取ること。

侑史はほたるん単推しなので、ベビーブロッサムというグループでテレビに出ていてもほたるしか目に入らない。もっとも彼女は常に圧倒的な一番人気だから「久保田ほたるとその他大勢」と意地悪く揶揄《やゆ》されることもある。侑史としては他のメンバーを軽んじる気持ちはまったくない。もはや条件反射的にピントが絞られてしまうというだけの話で、ブログやツイッターでほたるに触れていたりツーショットがアップされていたりすると、お中元やお歳暮を贈りたいほど感謝する。女同士、それは色々あるだろうけれど、同じ場所に立つ仲間はきっとほたるの支えになってくれているはずだから。

仲間、というイメージから忘れていた航輝の記憶がよみがえって携帯をいじる手が止まる。

あした、もし行かなかったらどうなるんだろう。まだら登校の生活、今まではたまたま遭遇しなかったが、そのうち学校で顔を合わせる機会もあるだろう。その時、強引な同級生が取る対応を思い浮かべてみたが、想像もできなかった。

怖い。寒くもないのに首のつけ根がぶるっとする。大丈夫だ、と必死で自分を慰める。顔を知らないから好奇心で来てみただけで、すぐに侑史に興味などなくなる。キモいドルオタなんて、航輝の思い描くありうべき「三年五組」にはいないはず。無理やり参加させるより排除する方が楽なはずだ。

そうこうしているうちに九時になり、侑史はテレビにかじりつく。もちろんレコーダーのRECランプがちゃんと点灯しているのを確かめたうえで。本日も歌番組、しかもメインゲストだから、一ヵ月も前から楽しみにしていた。

ほたるが現れた瞬間、その他のすべては造り物のセットと大差なくなって侑史には本当に見えない。葉っぱや枯れ枝に擬態する虫みたいだ。花びらを模した飾りがついたうす桃色のドレスがよく似合っている。

ふしぎだ。好みは置くとして、客観的にほたるより単純に造作の整った女の子はいる。スタイルのいい子も、色気のある子も、歌唱力を売りにする子もダンスの上手な子も。

でもアイドル、というかぎかっこでくくると誰もほたるにかなわない。彼女が汗と笑顔と一緒にまき散らす輝きには及ばない。ベビプロは徹底した競争主義だから、グッズの売り上げやブログのアクセス、ツイッターのフォロワー、ＬＩＮＥの登録数、様々な指標が月ごとにポイント化され、その順位がそのままグループ内での序列になるが、ほたるはデビュー以来、一度もトップを明け渡したことがない。だからこの印象は決して侑史のひいきめだけではないはずだ。オーラっていってしまうのとはちょっと違う気がする。

一年半前、侑史を一瞬で魅了したもの。すぐに頭のスペースから航輝なんて追いやられてしまう。ひんぱんに切り換わる何台ものカメラ。視聴者を逃さないための目まぐるしい映像は万華鏡みたいだ。くるくる違うほたるになる。ずっと終わらなきゃいいのに、といつもほたるを見ていて思うように、思った。

それから約四時間半後、今度は違うチャンネルにセットする。教室で過ごすなら泥の中を漂流しているように退屈な長い時間が、ほたるに囲まれているとあっという間だ。レギュラー番組じゃないゲスト出演だから、その時間帯にその局をつけるのは初めてだった。お目当ての放送開始にはちょっと早くて、別の番組が流れている。

テレビの隙間のなさには時々驚く。カラーバーとか砂嵐を、少なくとも侑史はまだ見たことがなかった。クラシック音楽をバックに延々と天気予報の静止画がローテーションで移り変わる、それだって立派にプログラムだろう。漫然と視聴するんじゃなく、目的がある時にしかつけないから知らないだけだろうか。新聞のテレビ欄を眺めていると時々目まいがしそうになった。余白のない予定。分単位で作られる番組。多少の変化やアクシデントはありつつ、こんな進行が毎日続いているなんて信じられない。そして、そんな世界に身を置いているほたるを改めてすごいと思うのだった。

今やっているのは、どうやら予備校を舞台にした深夜ドラマらしい。まめにあらすじを追う気にもならないので、早く始まらないかなとぼんやりあくびなんてしていた侑史は、場面が変わった瞬間目を見開いて「えっ」と声を上げた。それから五センチばかり後ずさってしまう。

「……え……？」

画面の中にいるのは、紛れもなく航輝だった。不安が見せた幻覚では、たぶんない。「将《しょう》蔵《ぞう》」という名前で呼ばれて、派手に笑ったり笑われたりしている。

いつの間にか侑史は、床に手をついて前のめりになっていた。昼間しゃべった時と同じポーズ。

やがて「つづく」のテロップでその回は終わり、エンディングテーマと共にスタッフロールがせり上がってくる。目を凝らさずとも「芹沢航輝」の四文字はすぐ分かった。芸名は使っていないらしい。

侑史はすぐさま携帯でその名前を検索する。ネットは何でも教えてくれる。芹沢航輝は十五歳から活動を始めて、ローカルCMや単発ドラマの端役を経て、じわじわ人気を伸ばしている俳優らしい。事務所のサイトには、多分に営業用ではあるものの、はつらつと笑う写真が載っていた。侑史が今見たドラマは、売れっ子の脚本家が「ゴールデンではできない作品を」とかなり破天荒に構想し、深夜なので視聴率は推して知るべしだが、熱いファンを獲得していてDVD化を望む声が多いということも分かった。実際、公式サイトに飛んでみるとドラマにちなんだストラップやクリアファイルといったグッズは軒並み売り切れている。

ひとしきり情報を集めて、しばし呆然《ぼうぜん》とした。

芸能人。生まれて初めて会った。というか会いに来られた。ちょいちょい学校を休む、と言っていたのは、多分仕事の関係だろう。

って、今何時？

「……ああっ！」

あんなに待ち遠しかったのに、調べ物なんかしているうちにべビブロの出番が終わってしまっていた。今すぐ録画を停めて見直したい衝動に駆られたが、必要ない部分が大半でも、番組がぶつ切りになるのは気持ちが悪い。今、TLではどんな感想が飛び交っているのだろうか。気になってたまらないけど今見るとネタばれになってしまうし……もどかしくつま先で床を叩きながら、もう何の値打ちもないつまらないコントが終わるのをひたすら待った。待ちながら、航輝に腹を立てた。

あんなところで急に出てきたばっかりに、うっかりほたるを見逃すなんていう失態を演じてしまったのだ。芸能人をやってるんなら、学園生活満喫しようなんて中途半端はしなきゃいいのに。ほたるんだって高校には行ってない——自然に比較してから、はっとした。

そうか、航輝はほたると同じ側の人間なのだ。だから、あの時無意識に「違う世界」の気配を感じて「ほたるん」と呼んでしまったのかもしれない。ポスターをべたべた貼ってオタク丸出しの侑史は、「一般人」の目線で見るより、はるかにこっけいに映ったに違いない。きっと、望めばサインをもらえたり握手してもらえたりする立場——別にそれ自体をうらやましいとは思わないけど——から見下ろされていた気がして、被害妄想だと分かりつつも恥ずかしく、絶対登校してやるもんかと思いを新たにした。

夜が明けて、昼、夕方と何ごともなく過ぎた。来襲のあった時間帯はさすがにびくびくしてしまったが、結果的に通常運行の平和な一日だったので、ほら、やっぱり大して興味なんてないんだよと誰にともなく主張したい心境だった。

ゆうべ、リアルタイムで観損ねたぶんを二十回以上再生し、あんまり一度に消費すると自分の中のほたるがすり減ってしまうような気がして我慢する。どんなに好きな食べ物でも集中してそればかり食べていると舌が慣れて飽きる。その瞬間、一時的にせよ「好き」の価値は落ちているから。侑史はほたるの値打ちを一銭も落とすわけにいかない。だから今度は、昔のMVや画像を観返して自分をリフレッシュさせる。ほたるのものはどれだけあっても困らない。夜がどれだけ長くても困らない。

繰り返し、部屋のドアが叩かれる。どんどんクレッシェンドになっていく音が、侑史を眠りから引きずり出す。あの後、明け方まで起きていたのでまぶたは張り合わされたように開かない。

「侑史！」

母親の声にようやっと目をこすりながら「なに？」と尋《たず》ねる。大概の用件はメールですませるので、朝っぱらからわざわざ話しかけてくるのはよっぽどのことだ。

「お友達が来てるわよ」

「はっ⁉」

あんなにじっとり絡みついていた眠気が一瞬で吹っ飛ぶ。誰が、と思ったが、心当たりはひとりしかいない——まさか、そんな。

「一緒に行く約束してるんですって？　玄関で待ってもらってるけど、私もお父さんももう出かけなきゃいけないから、さっさと支度しなさい」

「約束なんかしてないんだけど」

「それならそうと自分で断らなきゃ。何にしてもせっかく来てくれてるのに、顔も見せずに追い返すのはだめよ。生徒手帳も見せてくれて、悪い子じゃなさそうだし」

この状況から逃れるための妙案を、まだ回らない頭で必死に考えたが見つかるはずもない。不登校がちのクラスメートを迎えに来た優しい男子、という好印象を両親に与えるのなんて造作もないだろう。あながち間違いというわけでもないし、航輝はプロだ。

戦々恐々としながら制服に着替え、時間割を合わせて部屋を出る。夏休みの宿題を日記含め手つかずのまま始業式に赴く小学生の心境、いやもうすこし深刻かも。とはいえ向こうはイメージ稼業、手荒く怒られはしないだろう、という見込みだけに希望をつないで一階へ下りる。

「よう」

まるで旧知の仲みたいに、玄関先で航輝は片手を上げる。

「お、おはよう」

消え入りそうな声であいさつしておどおどとうなだれていると、「なーにやってんの！」と後ろから肩を叩かれた。

「まだ歯も磨いてないんでしょ、早くしなさい。……ごめんね、お待たせして。学校大丈夫？　遅刻しない？」

侑史を急《せ》かしてから、航輝を愛想よく気遣う。

「あ、全然余裕っすー」

航輝も負けじとにこにこ答えた。引き延ばしても旗色は悪くなるだけなので、侑史は大人《おとな》しく洗面所で身支度し、心なしかいつもより若々しい「行ってらっしゃい」の声に見送られて外に出た。朝の光はまだ真新しくてぴかぴかしている。ふたりきりになっての第一声は一体なんだろうかとお裁きを待つ心持ちで緊張していると、航輝は「意外」と発した。

「え？」

「サボリ許してんだから、もっとだらしない親かと思ってたんだよ。ジャージの上下でコンビニ行くようなさ。でもすげーちゃんとしてるっぽいから」

「ああ……」

そう、両親はちゃんとしている。身なりを整えるのも、朝、自力で起きるのも、言われる前に勉強するのも全部当たり前。だって自分のためなのだから……という強固な価値観に裏打ちされた「ちゃんと」だ。そうしない人間に心から「どうして？」と思っている。いずれは自分が困るのに、と。

侑史に対してももちろん思っているだろう、でも無理やり学校に行かせたところで無意味だと静観している。今の学校がいやで移りたいなら転校の手続きは踏んであげる、とは言ってもらったから、侑史に無関心というわけじゃない。どうしたいのか、親にどんな手助けを求めているかは自分で考えて伝わる手段で発信しなさい、という方針なのだ——などと説明を加えた方がいいのかと考えたが、他人の親の主義なんか聞かされたって面白くないだろう。それよりもっと、航輝に関わる話があるじゃないか。

「……観たよ、ドラマ。ちょっとだけ」

「あ？　ああ」

照れるでも喜ぶでもなく航輝は頷き、ややあってから「そっか」と合点がいったようにつぶやいた。

「後番組にベビブロ出てたんだっけ」

「う、うん」

「お前、ほんとよくチェックしてんのな」

「現場行かない在宅だから」

「どういう意味」

「あ、ごめん。コンサートとか握手会行かずに、基本家で応援してるファンってこと」

テレビやネットといった「ただ」の情報を楽しんでいるけち、という意味合いもちょっとあるけど。

「え、何で。行かねーの？　引きこもりだから？　人混みが怖いから？　カツアゲされそうだから？」

「そうじゃなくて、いや、全然怖くないってことはないけど……」

「けど？」

「会ったら何かが終わっちゃうっていうか、何か自分の中で、そういう……」

「はー……分かるような分からんような。あれだな、お前、犬だったら、おやつを庭に埋めて結局腐らせるタイプだな」

その喩《たと》えもよく分からないんだけど。学校まではバス一本だ。バス停の手前の角にあるコンビニを指差して航輝は「寄る？」と言った。

「朝めし、まだだろ。何か買ってけば」

「あ――いい、大丈夫」

「ほんとかー？」

「朝っていつもお腹空かなくて」

「あー、まあ全然食わなそうに見えるけど」

「そうかな……」

「お腹減ったけど動きたくないーっていつまでも寝てる時あるだろ？」

「うん」

何で分かるんだろう。

「あ、でも芹沢が寄るなら……」

名前を呼ぶのにちょっと勇気が要《い》った。

「や、いいわ。入るといらんもん買っちゃうしな」

そのまま店の前を通り過ぎたところでいきなり航輝の腕が肩に回された。回すというよりはどすんと置かれた感じで、思わず「ひゃっ」とか言ってしまう。

「お前、『ほたるん』好きなんだよな。――えーと、あれだ、『推し』ってやつ。ほたるん推し」

「は、はい」

「俺さー、ベビプロのサイト見たんだけど、ほたるんのプロフィールの『嫌いなもの』の欄に『うそつく人』って書いてあった」

ぽんぽん手先が肩を叩き、ああこれからなのかと侑史は冷や汗を垂らす。全然触れてこないし、気さくに話してくれるからスルーしてくれたのかなと甘い望みを抱《いだ》いていた。

「きのうは1風邪を引いた　2腹を壊した　3夜更かしして寝坊した、どれ？」

「……3番」

「バカ正直だな」

「だって……分かりきってるし……」

「お前、気弱そうなくせして妙に開き直ってね？」

「いや、あの、そんなつもりじゃ」

行動がばれている以上、うそをつくような度胸がないだけだ。

「俺はな、ずーっと待ってたんだよ」

と航輝は言う。

「一時間目も二時間目も三時間目も四時間目も昼休みも五時間目も六時間目も」

頭の中で考えていた反論の数々は一言だって出てこない。

「ご、ごめん」

「取りあえず携帯番号とアドレス交換すっか」

「えっ」

「え、やなわけ？」

「違うけど」

「今後サボったら鬼着信だから、マナーモードにすんなよ」

非常にいい笑顔で宣言されて背筋が凍りついた。教室まで引っ張っていかれるのかと思いきや、下駄箱で「航輝ー」とほかの男子に話しかけられると、航輝はそっちとのおしゃべりに興じ始め、何となく放置された気分の侑史はひとりで階段を上がった。

歩きながら、よく考えれば一緒にいる方が憶測や注目を呼んでしまうし、これでいいんだと自分を納得させた。学校という名の階級社会において、おそらく航輝と自分ではかなりステージが違う。

教室に入る最初の一瞬だけ、緊張する。その場の人間の視線が集中するから。でもくっと息を止め、吐いた時にはもう終わっている通過儀礼だ。自分が待っていた友達じゃなかった、と判断されてあっさりと侑史は関心を失う。珍しいな、ぐらいには思われているかもしれないがいちいち口に出す者はいない。

「おはよ」

席に着くと、後ろに座っている羽山《はやま》があいさつしてきた。おはよう、と何とか上ずらない声で返せたのは、相手がフランクな性格だと分かっているからだ。すこしたれ目の顔立ちが絶妙に愛嬌《あいきょう》のある、いかにも親しみやすい印象だった。それで、たまにしか来ない侑史にも普通に声をかけてくれる。

この「普通」が難しいのだ。へんな労《いたわ》りも好奇心もなく、同じクラスだからあいさつはする、というさりげなさ。大人なんだな、と思いながら携帯を教室の後ろのロッカーにしまう。ひとつだけ鍵つきのボックスがあって、その中の「携帯袋」に各々《おのおの》預け、朝担任が施錠し、帰りにまた返却されるシステムだった。つまり、休み時間にネットで時間をつぶすことができない。ほぼ肌身離さないｉＰｈｏｎｅが手元を離れた心細さはもはや空虚と呼んでいい。携帯ロスだ。呼吸すら滞る気がする。これがない時代の高校生って一体どうやって生きていたんだろう。

机の上に置いた両手をどうしていいのか分からなくて、漫然と手相を眺めていると航輝が入ってきた。おはよー、と飛び交う声。わっと人が群がるという分かりやすい光景ではないが、「人気者登場」のムードはすごくよく分かった。全員のテンションが目盛りひとつ上がって、密度が濃くなった感じがする。

しかし当の航輝は一切頓着《とんちゃく》せず、かばんを机にどさっと置くとまっすぐ侑史の方へ向かってきた。

え、え、とうろたえかけたが、その横をあっさり通りすぎて羽山に話しかける。

「きのうのあれ、どうなった？」

「いやー、超修羅場ったわ」

「まじで？」

「まじで。あ、航輝、前アウトレット行こうとか言ってたじゃん、いつにする？　久住《くずみ》、来週の土曜だったら行けるって」

「分かった、確認しとく」

予鈴が鳴った。航輝はやっぱり、侑史に目もくれずに席へ戻っていく。あまりに自然なスルーっぷりに、あれ、夢かも、と思ってしまう。航輝が突然やってきたのも、無視ったらわざわざ迎えにきたのも、夢かも。

目が覚めたら自宅のベッドで、壁の中で笑っているほたるんと目が合って――本鈴の響きと同時に担任が入ってきた。

「携帯、全員ロッカーに入れたな？」

施錠して、教壇から教室を見渡すと「おっ」と意外そうな声を上げる。

「珍しく全員そろってるな。このクラス始まって以来じゃないか？」

ああ、そこには触れないでほしい。机の上でぎゅっと両手を握り締めたが、「なあ芹沢」と話題は航輝に振られた。

「褒めてっ」

と航輝がすかさず返す。

「当たり前だ」

本当の原因は侑史だと全員知っている。けれど誰も何も言わない。そんなことを言ったってつまらないから。教師もちゃんと「いじっていい」対象、というのを踏まえているのだ。それは侑史にとってむしろ歓迎すべき疎外のはずだが、航輝を見ていると、もやもやと釈然としないものが湧いてくるのだった。

かっこよくて人気者で芸能人。雲の上だ。成層圏を突破しているかもしれない。人を強引に連れ出しておいて何のフォローもない。こんなやつどう扱ったっていい、と思ってるんだろうか。とにかく、教室に空席さえ作らなければ侑史の気持ちなんてどうでも。怠けたくてサボってるだけの、うじうじしたドルオタだから。

不意に、胃がきゅーっと鳴った。ストレスじゃなく、もっと単純な原因。やばい。とっさに手で押さえ、辺りを窺《うかが》ったが誰にも気づかれていないようだ。朝から神経を使ったぶん、活発に動いているのだろうか。家でならいつでも買い物に出られるが、ここでは昼休みまで我慢しなければならない。すると何だか急に、空腹は切迫したものに感じられる。

もう鳴りませんように、と腹をさすりながら、登校する時のことを思いだした。「コンビニ寄る?」と航輝はわざわざ訊いてくれた。何も食べないで家を出た侑史を気遣って。だからいい人、と思うのもおかしい気がするが、少なくとも一定の配慮はできている。空気扱いされたからって恨みがましく思うのは筋違いだったな、と侑史は自分のいじましさを恥じた。

六時間目まで、何ごともなく終わった。昼休みには人出におののきながら何とか購買でパンをふたつ買い、ひとりで黙々と食べた。選ぶ余裕なんかなくてクリームパンとドーナツという組み合わせで、午後の授業中はずっと口の中が甘ったるかった。帰りのバスで、やっと終わった……とほっとすると同時にあしたは？　という不安を抱いた。あしたも来いって言われるのかな。あさっても、しあさってもずっと？　航輝が休まない限り？　いやだ、考えられない。逃れる方法を誰かが教えてくれるというなら、Ｙａｈｏｏ！知恵袋でも教えて！

gooでもいい。

毎日学校に行ったら、そのうちきっと顔を合わせてしまう——会いたくない相手と。クラスが離れてほとんど接点のない今でも、想像するだけで動悸《どうき》が不穏になる。何も考えたくなくて思い出したくなくて、無理やり蓋《ふた》をしたもの。

久保田ほたるというブロックを何重にも積み上げて、ようやく忘れたふりをしていられるもの。

いやだ。ぎゅっと唇を噛《か》み締めたところへもって、携帯が鳴る。メール受信。航輝からだった。

『これから、お前んち行っていい?』

迷った、というか困った。用事があってもなくても、あまり会いたくない。でも拒む理由は見当たらないし、いやだからいや、と返す度胸はなかった。あんまりもたもたしていると追撃がきそうで、侑史はもどかしく「はい」とだけ打って送信した。すると、また返信。

『はいって(笑)いるもんとかある? 二十分ぐらいしたら着くから』

別にないです、と返す。

やがて予告どおりに航輝が現れ、リビングに上がってもらった方がいいのかなと思ったが、もう、オタクだと知られているからいいやと半ば投げやりな気持ちで自室に通した。帰りのコンビニで買った流行《はや》り物紹介系月刊誌(ほたるの表紙とインタビュー)も机の上に置きっ放し。

「お、やっぱチェック細かいなー」

航輝が無造作にぱらぱらめくるのに思わず抗議した。

「あの」

「ん？」

「指紋つくから、あんまり触らないで……そういう、つるつるした紙って汚れつきやすいし……」

怒られるかな、でも俺が買ったんだし、と怯《おび》えを精いっぱい隠して言うと、航輝は「わり」と肩をすくめてそれを閉じた。

「お前、ほんとに好きなのな」

「……うん」

「お前みたいなの、単推しつーんだっけ？　他の子には興味ないの？」

「うん」

「長いの？」

「ううん、俺なんか『サクアル』新規だから全然……」

「何それ」

「あ、ごめんえーと、『桜アルバム』っていう、おとし出たシングル」

初めてミリオンを達成した、ファンにとっても感慨深い一曲ではあるが、そこからベビブロに入ってきた人間は「ああ……」と鼻で笑われることも多い。

「オタクってバカじゃね」

と航輝は遠慮なく言い放った。

「いつから好きんなろーと、んなもん人それぞれってやつだろ。昔っから知ってるのが偉いとか、情報たくさん持ってるのが偉いとか、まじで意味分かんね。早くから目をつけてたのが売れましたって、ロリコンの目利き自慢だろ。恥ずかしくねーのかな、なあ？」

「え、う、うん」

「ナントカ新規とか意味ねーから！　そやって間口狭くして、あー何かややこしそう、って新しいファンが逃げてったらそれこそ営業妨害じゃん」

「そ、そうだね」

一体何をそんなに熱くなっているのだろう、と思っていると「お前も堂々としてろよ」と言われた。要するに侑史の引け目を論破してくれているのだろうか？　あんまり堂々とする趣味じゃないんだけど。

「芹沢って、変わってるね」

「何で？」

「きょうも……学校行ったら、俺、ドルオタだって皆にばれてて笑われるんじゃないかってちょっと思ってた」

「……ああ」

航輝はぱちっとスイッチを切り換えるようなまばたきをした。

「そう言って脅しかけときゃよかったのか」

「えっ」

「いや言わねーよ、別に。お前がベビブロのオタクだったから伺って話だと思うけど。わざわざ言いふらさねーって」

「……ありがとう」

「でも今後学校に来なかったらぽろっと洩らしちゃうかもしんない」

「えっ」

「うそうそ」

「う、うん」

「まあ、分かんないけど」

「え……」

結局どっちなのか。侑史を振り回して航輝は「はは」と笑った。その笑顔を見ると、やっぱりしゃべる気なんてなさそうに思えたが、いや、とすぐに自分を戒める。本当のところなんて分からない。そう簡単に心を許したらいけないんだ。

「あの……あしたも学校行かなきゃ、駄目、かな」

「駄目も何も、基本的には行くもんだろ、学校って」

「そうだけど……」

「別に誰からもいじめられてるようすなかったじゃん、きょう。それとなく見てたけどさ。何でいやなのかが分かんね」

ひょっとして、学校内で侑史に構わなかったのも、それを確かめるためだったのだろうか。親切やおせっかいにしても度を超しているような。

「何でって、それは——」

「うん」

「め、めんどくさいから」

「おい」

んなもん誰だって一緒だろー、と勝手にベッドに寝そべる。

「でも、芹沢は仕事しながら学校行ってるんだよね」

「おう。そりゃどっちも楽しいからな。勉強は嫌いだけど」

屈託のない答えに一瞬憎たらしくなる。そりゃこの外見でこの中身なら、何をしてたって楽しいに違いない。それを否定するつもりはないから「楽しくない」人間の存在も認めてほしい。

「……あの、何か用事があるの？」

「何が？」

「うちに来たって、別に楽しくないのに、わざわざ」

「いや、結構面白いよお前。指紋つけんなとか」

スプリングを軋《きし》ませて起き上がると、言った。

「半分は、単純に早瀬が気になるから。もう半分は、俺の個人的な勉強」

「勉強？」

「そ」

航輝はかばんの中からクリアファイルを取り出した。中に挟まった書類の、大きな題字を侑史は読み上げる。

「『座椅子探偵N』オーディション要項……？」

「そう。引きこもりでネトゲ中毒の男が毎回いやいや事件を解決するっていうあらすじなんだよ。Nはニートのなな」

面白いのかなそれ、と思ったが黙っていた。

「来年春の連ドラ主役。ゴールデンだし絶対獲りたい。今、三次まで終わったとこなんだけど」

「え、すごいね。じゃあもう決まったようなもんじゃないの？」

三回もふるいの中に残ったのなら、と侑史はのんきに考えていたが、「まだまだだって」と否定された。

「いつで最終、とか決めずに、Pの気がすむぎりぎりまで選考したいんだって」

「へえ……」

別世界の話すぎて間抜けな相づちしか出てこない状態だけど、あれ、「勉強」って言ってなかったっけ。

「正直、俺の性格とはかけ離れた設定の主人公だから、摑《つか》めねえなーって思うことが多くて」

「うん」

だろうね。

「でも、お前のこと一目見た時、あ、こういう感じかもって閃《ひらめ》くもんがあって」

「ええ⁉」

「何だろな、色白くて、頼りなさそーで、こう、絶対目が合わない……いっそ早瀬を紹介したいぐらいだよ」

「やだよ！」

つい本気で否定すると「しねーよ」とあっさり返された。

「外見はまあ、今さらどうこうできないけど、お前のエッセンス？　みたいなの、取り入れようと思って。だから仕事のない放課後、お前んちきて観察させてくんない？」

「や、やだ」

「何で」

「何でってやだよ……落ち着かないよ」

登校しただけでもぐったりしているのに、家にまで他人がついてくるなんて、安らぎも休息もあったもんじゃない。

「そんな長居しねーよ。晩めし時には帰るから二、三時間てとこか？　何も構わなくていーし、好きなだけほたるんと戯れてりゃいいじゃん。俺のことはぬいぐるみぐらいに思ってさ」

大きすぎる。

「お願い！　まじで早瀬がイメージぴったりなんだって！」

航輝は顔の前でぱんっと小気味よく手を合わせた。本気だというのは伝わってくるけど、なんで自分が協力しなくちゃならないんだと思ってしまう。

「……じゃあ、学校行かなくてもいい？」

「それとこれとは話が違うだろーが！」

「だ、だって、引きこもりの役なんだったら俺もあんまり外に出ない方が……」

「イメージとか雰囲気の話だっつってんの」

「あんまり外に出ると雰囲気がなくなっちゃうかもしれないし……コーティングが剝《は》がれるみたいな」

「お前な」

じろっとにらまれると、もともとの目つきが強いからすくみそうになってしまう。

「何でそんな学校にこだわんの？　ただだるいってだけじゃねーだろ、そのいやがりよう」

「そんなこと……」

立ったまま、視線を泳がせる。何か、この状況から自分を救ってくれるものはないだろうかとさ迷う。でも部屋の中は時間が止まったみたいだった。ほたるんだけに囲まれた侑史の城、侑史の檻《おり》。

結局、こう着をこじ開けたのは航輝のため息だった。

「ま、言いたくないんならしょうがねーよ」

しかし一瞬もほっとさせてはもらえなかった。

「それはそれとして俺の頼みは聞いてもらうからな。こっちも仕事かかってんだよ」

「……いやだ」

「てめー、んなこと言っていいと思ってんのか？」

「ば、ばらせばいいじゃん、ドルオタなことだって……そしたらもう、絶対学校なんか行かない。留年しても退学になっても行かない！」

さすがに最後は、我ながらよく言ったと思うはったりだ。親が黙っていない。しかし今、航輝をつっぱねてしまわないと、ずるずる私生活にまで入り込まれてしまう。悪徳商法やへんな宗教を断るぐらいに毅然《きぜん》としていなければ、と侑史は必死に自分を奮い立たせた。

「え、だって家いても暇だろ？　部活やってないんだし、予備校も行ってなさそーだし」

「ＤＶＤ観たり、録画した番組観たり、グラビア切り抜いたり、ブログチェックしたり……」

「真顔で言うなや」

航輝は呆《あき》れていたが、その中にはいくぶんかの笑いが混じっていた。

「芹沢にとってはくだらない趣味かもしんないけど、俺にとっては真剣だから」

「だーからそこで無意味にいい顔してんじゃねー！」

脳天にさくっとチョップをかましてから「よーし分かった」と頷く。なぜか果てしなく不安だ。何を言われるんだろう。

「俺も北風作戦ばっかで攻めすぎてたよ。太陽も必要だよな」

「へっ？」

「携帯出せよ」

言うが早いか航輝は、自分の携帯を制服のポケットから取り出していじり出した。ほどなくして、侑史のそれが鳴る。メール。

「開けてみろよ」

それは航輝から送られた添付ファイルのことらしかった。クリップのアイコンを見つめたまま警戒していると「早く」と急かされて指はつい画面に触れてしまい、開いた。

「……え？」

展開された画像に侑史は目を見開く。

「……えええ？」

「嬉《うれ》しい？」

航輝が楽しげに笑う。嬉しいも嬉しくないも、何だこれ。

ほたるんの写真、それは言うまでもない。

今の彼女じゃない。ちょっとあどけなくて、そして化粧もしていない。ひとり掛けのソファに膝を抱えて収まっている。うわあかわいい、いやそこじゃなくて、ものすごくリラックスした雰囲気だった。新参とはいえ、小遣いと暇に任せてほたるんの画像はかなり収集したつもりだが、この笑顔は記憶にない。三冊出ている写真集にもベビブロのムックにも、本人もしくはメンバーのブログやツイッターでも見たことない、と断言できる。

何よりこの笑った感じ、がいつもと違う。対外的な露出をまったく意識していないように思えた。何これ何これ、と凝視する眼球の裏をめまぐるしく働かせていると追い討ちをかけるように「見たことないだろそれ」と言われた。

「完全未公開のプライベートショットだからさ」

「な、なんで芹沢がそんなの」

航輝は携帯を手の中で意味深にもてあそぶ。

「いや、ま、俺も業界の隅っこにいるわけだから……想像つくだろ？」

「この写真、何年か前だよね」

「そ。結構長いおつき合いだから」

「お、おつき合い？」

かくっ、と勝手に首が横に傾いた。それに航輝も角度を合わせている。つられただけか、馬鹿にされているのか。

そして、こうささやいた。

「……彼氏がいても、ほたるんのファンでいてくれる？」

「うそだ」

侑史は即座に反論する。

「ん？」

「ほたるんは彼氏なんてつくらない」

「んなこと何で分かるの？」

「ファンを裏切ったりしないって言ってたから」

仮にいたとして、侑史にとって裏切りなのかどうかは微妙なところだ。ただ、ひたすら意外で驚くだろう。生身の、人間の男なんかに興味あったんだ、と。それはさておき、航輝の言い分はうそなのだ。なぜってほたるが否定しているから。たったひとりの特別なんて。

「お前、大丈夫？」

首を元に戻して航輝が尋ねる。

「表でそんなこと言って、普通に男つくってるアイドルなんて珍しくないと思うよ？」

「じゃあほたるんは珍しいんだ。ほかの女の子は知らないし興味もないけど、とにかく今のほたるんは、彼氏なんてつくらない」

「じゃあこの画像は？」

「……分かんない、けど」

それでも自説は曲げませんと自分なりに一生懸命航輝を見すえていると、唐突に航輝はベッドに引っくり返った。

「えっ？」

「ははは」

揺れに任せてひとしきり声を立てて笑ったかと思うと侑史を見上げて「お前面白すぎんだろ」とコメントした。

「弱っちいんだかしっかりしてんだか……そうそう、こういう感じなんだよな」

おそらく役づくりに関する独り言をつけ足した後、跳ねるように起き上がり「ごめん」と言った。

「彼氏っつーのはうそ。まあ、全然だませてなかったけど」

「じゃあ……」

この写真の出どころは。誰かの個人的なアルバムが流出したのだろうか。

「きょーだい」

あっさりと航輝は答えた。

「え」

「ほたるは俺の妹だよ。普通の答えで悪いんだけどさ」

「え、や、普通っていうか——あ」

ブックマークしているほたるのブログを開く。そして検索バーに「兄」と入力。いくつか画面をタップしていって……あった。「家族でお食事☆」というタイトルの記事。全員顔こそ写っていないが、正面にいる、首から下だけ見えるふたりがほたるの両親であることは察しがつく。そしてほたる（のいるであろう席）の左側から、箸《はし》を持った右手が覗いている。「わざと撮影を邪魔するお兄ちゃん」の後に怒った絵文字。「お兄ちゃん」の手の甲には、ほくろがふたつ。

「ちょっとごめん！」

「何だよ」

航輝の右手を取って確かめる。甲にふたつのほくろ。

「……ほんとなんだ……」

「信用したか？」

「うん……」

と答えたものの、未だに半信半疑だったりする。両親と兄がひとり、という家族構成ぐらいは知っていたが、まさか当人が同じ高校にいるなんて。

ちょっと調べればディープなファンなら周知の話かもしれないが、残念ながら侑史はほたるの「周辺」にあまり興味がない。ブログにちょくちょく「ママ」の話は出てくるから、仲が良さそうで何よりだ、とその都度安心する程度。

「……でも、ほたるんて年齢的に今高三じゃ……あれ？　双子？」

それともやっぱり手の込んだ芝居だろうか。

「そこだよ」

「えっ」

「俺四月初め生まれ、あいつ三月終わり生まれ。学年が同じになっちゃうんだよ」

「あ……あー……」

「かっこ悪いだろ？　普通、ちょっと出生日いじってもらったりしてずらすらしいんだけど親が何も考えてなくてさ」

「かっこ悪い？」

「いや、だって同い年とか。完全に計算違いっつーか、親、仲良すぎるっつーか」

「そっか」

「だろ」

「元気なお母さんに元気に産んでもらったから、あんなに働いてもにこにこしてられるんだ……」

よかった、と笑うと、航輝はたった今初めて会った人間を見るようなふしぎそうな目をした。

「……へんなこと言った？」

「いや……お前、いつまで手ぇ握ってんの？」

「わあ！」

即座に航輝の右手を放り出し、何かしなくてはいけないような気持ちになって制服のシャツでごしごしこする。

「バイ菌か！」

「す、すいませんっ」

「何の話だっけ……？　あー、ほたるな。久保田って名字は母親の旧姓。離婚してるわけじゃなくて、女だから、もろ本名はちょっとって親父《おやじ》が渋ったんだよ。まあ、あいつと母親だけ東京に住んでるから別居になっちゃってるけど」

「誰も知らないの？」

「そら、互いの事務所は知ってるよ。でも公表するんならもっとおいしいタイミングでって感じ？　別に自分からべらべら自慢することでもねーから、つーか悪いけど未だに実感なくてさ、妹がアイドルとか。もう長いこと一緒に暮らしてないせいもあんのかな。ＣＤ百万枚も誰が買ってんの？　みたいな。だから俺、リアルに妹のオタクって見たのお前が初めてだわー」

「へ、へえ……」

何で急にいきなりこんな告白をされたのやら、適正な反応も分からず戸惑っていると「うらやましい？」と訊かれた。

「え？　う、うーん」

うん、て言わないとほたるんに悪いだろうか。でも、身内。どうだろう。

「じゃあ、俺と仲良くしてるといいことありそうとか思わない？」

「え」

「こんなふうにプライベートの写メもらえるかもとか、あいつの情報もらえるかもとか」

あいつ、と自然で無造作な呼び方に、ああ、身内なんだと何を見せられるよりもすっと腑《ふ》に落ちた。

「使用済みのパンツもらえるかもとか」

「思わないよっ‼」

とんでもない単語に叫んでしまう。

「そそそそんな、パンツって」

「さっきも言ったけど、中学ん時から別々に住んでっからねーけどな。あ、タンス漁ったらあるかも。プリキュアの絵とかついてるやつ」

「駄目だってば！」

頭に血が上りすぎたのか、くらくらしてくる。学校に行っただけでもお腹いっぱいなのに、完全に心のカロリーオーバーだ。

「あそ、じゃ、さっきの画像消すわ。それよこせよ」

「えっ」

差し出された手につい携帯を引っ込めてしまう。下着は論外として、この写真はかわいい。ものすごくかわいい。

「ほら、やっぱ欲しいんだろ」

「だ、だってそれは……」

「ちゃんと学校来てくれたらもっと送ってやってもいいんだけど？」

に、と得意げな笑みは悪魔に見えた。

「もちろんお互いの良心が痛まない範囲で、だけどな。どう？」

どうって、そりゃ欲しいに決まっている。でもこれに乗っかってしまうと色々と取り返しのつかないことになるんじゃないのか？

「どうする？」

「え――……」

かといって拒絶したらどうなるのか。そもそもは何に悩んでたんだっけ。色々言われすぎて完全に頭が置いてきぼりだ。とりあえず浮かんだ疑問符を消化しようと努める。

「ていうか芹沢はいいの？」

「何が？」

「こ、こんなことして……俺がこの写メをどこかにアップしたり、言いふらしたりするとか心配じゃない？」

「いや、全然」

「何で言い切れるの？」

「んー」

航輝は改めて部屋中を見渡した。

「ここに貼ってあるポスターって、早瀬のお気に入りなんだよな？」

「うん」

と念を押されると恥ずかしいものがある。

「全部服着てるのは何で？　へんな意味じゃなくてさ、いやへんな意味か？　水着のグラビアとかしょっちゅうやってるじゃん、あいつ。普通の男なら一枚ぐらいそういうのが混ざっててていいはずなのに。お前のチョイスって露出度が限りなく低いから、ふしぎなんだよ。オカズ感がない」

よく見てる。いや、それとも一見して違和感を覚えるようなことなのか？　「普通の男」なら。一気に喉《のど》が渇いたが、何とか答えを口にする。

「そういうの、好きじゃなくて……あの、かわいいとは思ってるよ。でも、できれば服着てる写真の方が安心するっていうか」

「他の男に視線で汚されるのがいやってやつ？」

「う、うーん……そう、かな？」

二の腕や足をさらして踊っているのは全然気にならないくせに、静止画の露出はとにかくいたたまれない。申し訳ない、とさえ思う。

「お前が思ってるほど本人は気にしてねーと思うけどな」

「そうなの？」

「訊いたわけじゃないけどさ……等しく仕事、じゃね？　俺が言うのもアレだけど、プロのアイドルだし」

プロのアイドル。その言葉はとてもほたるに似つかわしい気がした。それとも、アイドルのプロ？　どっちでも同じじか。

「や、まあ、とにかく、この部屋入って、最初の一瞬はうわって思ったけど、すぐに何か……うん、ちょっと嬉しかったのかな。こんなふうにあいつのこと好きなやつがいてくれるんだなーって」

「……キモいって言ったくせに」

事実だから本気で抗議するつもりはなかったが、航輝は「そらそうだろ」とむきになった。

「いきなり『ほたるん?』だろ、鳥肌立ったわ。DNAって匂《にお》うんかな? って。俺たち、全然顔も似てないのに何だこいつって。がぜん外に引っ張り出したくなるじゃん」

ということは、訪ねてきた厄介をより深く引き込んでしまったのは侑史自身かもしれない。

「ま、お前ならほたるんの不利になるようなこと絶対しないだろ? 別にほいほい写メばらまいてるわけじゃねーよ」

信用してもらって光栄、と思うべきなのか。

「あ、もう五時半回ってる。買い物して帰んないと」

きょう食事当番なんだよ、と航輝は立ち上がる。

「じゃあ、またあしたな。戸締まりしろよ」

よほど不用心だと思われているらしい。侑史の二の腕をぽんぽん叩いて出て行った。おとといと同じく、呆然と取り残される。えーと。芹沢はほたるんときょうだいで、俺に写メくれて、役づくりがしたくて、パンツがプリキュアで……。

またあした、って。それはあしたも登校しろということ？　どうしよう。やっぱり二日前と同じく途方に暮れる。携帯の中で笑う秘蔵のほたるはそれでも、後悔のしようもないぐらいかわいい。ちょっと嬉しい、って言ってくれたな。困り果てている頭の隅でそんなことを考えている。芹沢がほたるの肉親でも、別に芹沢はほたるじゃないし、誰かに評価されたいなんて思ってオタクやってるわけないし、ていうかそれどころじゃないし褒められたからって何だという話。

でも侑史は携帯を握ったまま、航輝の言葉を何度も反すうしていた。低いのによく通る、発音のひとつひとつがさいの目にされたみたいにどこか几帳面《きちょうめん》な声。やっぱりそれなりの訓練をしているのだろうか。人から嬉しいなんて言われたのがいったいいつぶりなのか考えてみる。

果たして翌日も、航輝はやってきた。半分ぐらい覚悟ができていたぶん、初日より憂うつは軽減されたような気はする。

「お、きょうは早いな」

乗り気だと思われたら困るが玄関で待たせるのも申し訳なくて、侑史は身支度と朝食をすませていた。

「芹沢の家ってどこ?」

「風見台」

驚いた。侑史の家から三十分はかかる。しかも学校へは航輝の方が近いから、大した回り道だ。

「わざわざ来てくれなくても……」

「でないとお前、こねーじゃん」

「そうかもしれないけど」

「そんなことないよってうそでも言わないよな」

いや、たぶん行く。きのう送られたほたるの写真を、もったいなくて削除できないから。望んだわけじゃなくとも、恩恵を受けた以上代償は払わなければいけないような気がする。

「せめて電話とか」

「そうする時もあるかもしんねーけど、きのう行った時、お前んちのおばちゃん、びっくりしてたけど嬉しそうだったからさ」

「お母さんが?」

「『お友達?』ってさ」

「そうなんだ……」

おいおい、と呆れられた。

「そら、息子がたまにしか学校行かずにアイドルに夢中だったら心配に決まってんだろ」

「今まで、好きにしなさいって干渉されなかったし……」

「バカじゃね」

遠慮なくこき下ろす航輝の言葉は、ふしぎととげにはならない。

「喉まで出かかってんのをぐっとこらえて見守ってんだろー。分かってやれよそんぐらい」

分かってない、わけじゃないはずだ。ただ侑史は自分のことで精いっぱいで、親の不安から目を背けていた。それを航輝は、たった一日で汲《く》んでしまった。

「芹沢は、東京に住まないの？」

「何だよいきなり……あ、俺がくるのがうぜーって言いたいんか？」

「ち、違うよ」

困ってはいる。そのはずだ、今も。

「そっちの方が仕事に便利なのになって思ってたから。ここからじゃ都心まで一時間以上かかるし、ほたるんもお母さんも東京なのに。芸能コースのある高校行くとか……」

「バッカおめー、したら親父はどうなんだよ。会社こっちなのにほいほい引っ越せねーだろ」

「お父さんがひとりにならないように？」

「三対一は不公平だろ。まあ、大学行ったらさすがに実家出るかもだけど」

「大学、行くんだ」

航輝が当たり前に口にする言葉にいちいちびっくりして、ほんとバカみたいだと思った。

「え、だって楽しそうじゃね？　そんな賢いとこは無理だけど」

「仕事もあるのに？」

「んな売れっ子じゃねーよ。それこそほたるんみたく、二時間睡眠上等とか」

「もし売れたら？」

「そん時考えるよ。大学って八年までいていいんだろ？」

何を訊いてもぽんぽん明快な答えが返ってくる。そりゃ、こんな人となら皆仲良くしたいよな、と納得と気後れを同時に感じた。

「早瀬は？」

「え？」

「進路」

「えーと……」

こんなふうに口ごもる自分とは違って。

「進学……は、しないんじゃないかな、たぶん……」

「え、じゃあ就職すんの？」

「それも、ちょっと……」

何の能も意欲もないし、この後ろ向きな性格では雇ってくれるところなんてない、というのは高校生でも容易に想像がつく。

「ふーん。ま、何とかなんじゃね」

あまりのだらしなさに引いたか、それともいっそあわれに思ったか、航輝はそれ以上突っ込まないでいてくれた。

学校では特に会話もせず過ごし、そしてまた夕方に侑史の部屋へやってくる。

「いつもみたいにしといて」と言われたものだから、侑史も半ば開き直ってベビブロのDVDを流した。

「これ、いつのやつ？」

「去年の夏に出た、『入道雲とキャミワンピ』」

「へー」

「すごいスケジュールが押しちゃって、このMV、撮る前日にやっと振り入れできたんだって」

「ほお」

「これ、グアムなんだけど、ほたるんドラマのロケもかぶってて、とんぼ返りだったのに、メイキング見てもずっとにこにこしてて、年少のメンに気遣ったりしてて、すごいなって思う。絶対人前で疲れたとか眠いとか言わないんだって」

「ふんふん……てかさー」

いかにも適当な相づちで応《こた》えていた航輝が不意に吹き出した。

「お前、ほたるん絡みになるとすらすらしゃべんのな。自分のこと訊かれてももごもごするくせに」

「え……だって俺、ただのつまんない怠け者だし、ほかに流行ってるものとか知らないし……」

「いや、いーよ。座椅子探偵もネトゲの話題にはやたら食いついてくる設定だし」

「こんなので参考になってるの？」

「なるなる。それに、俺割と普通に楽しいぞ」

「えっ」

「あいつの仕事、ちゃんと見たことなかったし。月イチぐらいでめし食ってるけど、あんま自分の話しないからな。お前はファンだから、半分ぐらい割り引いて聞いたとしても、身内が頑張ってる話聞くのは嫌いじゃねーよ」

「え、ほたるんのこんな話なら三日かかるほどあるけど」

「いやそんなにはいらねーわ」

「そっか……」

それでも侑史は嬉しかった。初めて、リアルにほたるを語れる相手に出会えた――立ち位置は天地の差だけど。その上、自分の発言で誰かが喜んでくれるなんてものすごく久しぶりだったから。

「あの、ジュースとかお菓子とか、いる？　欲しいのあったら、コンビニで買ってくるし……」

航輝は一瞬きょとんとしてから「は？」とわずかに顔をしかめた。

「何で。上がり込んどいて人をパシリに使うわけねーだろ」

あれ、不機嫌にさせてしまった。そんなつもりじゃなかったのに。侑史はあわあわと言葉を探す。

コミュニケーションには日常の基礎練習がいる。一年以上もそれをさぼっていたから、普通の会話でさえひどく難しいのだった。昔から内向的なたちではあったが、ここまでじゃなかったはずだ。こうやって航輝としゃべらなければその退化にさえ気づかなかったかもしれない、と思うと、初めて自分のやばさが骨身にしみてきた。学校とか卒業とかより、もっと根本的な部分が危うくないか。ひとりで家にい続けるというのは、自覚しているよりもっとよくない事態なのかもしれない。

「おいっ」

「あっ、はい！」

こうして、すぐひとりきりの感覚で物思いに没頭してしまうし。

「あの、パシリとかそういうつもりはなくって。ただ、嬉しかったから……芹沢は、俺がオタだって知ってても引かずにいてくれたし、だから……でもうち、お菓子とか常備してないから、それで」

「いい、分かった、俺もすぐムッとして悪かったよ。でも遠慮とかじゃなくて、まじでおやつはいらねーから」

「そ、そっか」

「うん、でも喉は渇いたかな」

「えっ」

「お茶か水あったらくれ。砂糖入ってなかったら何でもいい」

「うん！」

勢い込んで台所に行ったものの、冷蔵庫にはパックを煮出したごく普通の麦茶しかない。両親ともに無頓着で、コーヒーはインスタント、紅茶はティーバッグですませてしまう。それこそドラマみたいにさっとコーヒーを淹《い》れたり、茶葉のゆらめくティーポットを用意できたらいいのに。自分でそんなもの飲みたいと思ったこともないくせに、侑史は家のそっけなさにがっかりした。

なるべく「よそ行き」っぽいグラスに麦茶を注いで二階に持って上がり、ドアに手をかけると中からぶつぶつと低い声が聞こえた。

どう考えてもＤＶＤの音声じゃない。航輝が誰かと電話しているのだろうか。

扉を細く開けてそっと窺う。

そこにいたのは、うっそりと背中を丸めた航輝だった。さっきと全然違う。ただ気を抜いているとか疲れたとかじゃない。不健康に倦《う》んだ雰囲気を充満させている。

「……課金課金って鬼の首取ったみたいに責めますが、現実世界にお金を落としたいコンテンツが存在しないんですよ。新しい服を買うのとレア装備購入するのってそんなに違いますか？　三次元で布買うのがそんなに偉いんですか？　え、犯人？　今そんな話してないじゃないですか……」

芝居の台詞《せりふ》だ、と理解すると同時に航輝は独り言をやめ、振り向いた。

「……おう、ありがと」

「うん、ごめんね、邪魔して」

「いやおめーの部屋だろ！」

ちょっと照れくさそうに突っ込んでくるのはもう、普段の明るい口調で、その切り換えはちょっとぞっとするものがあった。自分の周囲の明度や彩度をつまみで調節して印象を自在に変えている、そんな気がした。だって今、床や壁の色までくすんで見えた。

「……今のが、その座椅子探偵とかいうやつ？」

「うん、あさって次のオーディションだから、落ち着かなくてさ」

「芹沢、うまいね、すごくうまくてびっくりした」

「何言ってんだよ」

「ほんとだよ。すごい」

ほかのボキャブラリーが見つからなくて我ながらもどかしかったが、航輝は「そっか？」と満更でもなさそうにあぐらの膝を上下させた。

「……でも俺がモデル？　なんだよね。俺ってあんなに暗いオーラ出してる？」

今にもキノコを生やしそうな。

「や、そうじゃねーよ。早瀬の空気感みてーなの、勉強になるなとは思ったけど、モノマネしたって意味ないじゃん。俺なりに取り込んでつくってくっていうか……『分かった』って思ったんだよ、お前見て。うまく言えないんだけどさ、間違いでも勘違いでも『分かった』っていうのが大事なんだ。それがないと何百回台詞読んでも入ってこないっていうか、身体《からだ》の外に流れてって栄養にならないんだよ」

「へえ」

侑史はひたすら感心して聞き入っていたが、航輝はすぐ恥じるように口をつぐんだ。

「実績もねーくせに語るなって感じだよな」

気のせいかもしれない、でも侑史は航輝の中に、ほたるへの引け目みたいなものが覗いたのを感じた。ジャンルは違えど同じ土俵、しかも向こうは「国民的」の冠がつくアイドルだから意識しない方がおかしい。それでいて、「妹が褒められて嬉しい」という気持ちも決してうそじゃないんだろう。

すごいな、とさらに深く思った。同じ高校生なのに色々考えて、色々頑張ってる。尊敬の念は珍しく「それに比べて」という自己嫌悪の呼び水にならなかった。

それからもベビプロのＤＶＤを一緒に観て、気がつけば午後七時を回っていた。

「ずっと観てると、何か俺もだんだん好きになってきたわ。洗脳ってこえーな」

「ほんと？」

「おれはあの翼《つばさ》とかいう子が好き。おっぱいでかいから」

「ああ、つーちゃん？」

大体三番手ぐらいの人気者だけど、侑史は永遠の単推しだから「かわいいよね」という言葉もしぜんと軽くなる。

「……お前、まじでほたるん以外どうでもいいのな。今ものすごい適当だったぞ」

「そ、そんなことは」

「いいけど……ああ、そうだ、きょうも何か写メ送んなきゃだな」

「え」

「ちゃんと学校来たからさ。家帰ったらまたアルバムからピックアップしてやろっか。何歳ぐらいのがいい？」

「あ、いい、いいよ別に」

ぶんぶん首を横に振る。

「何で」

「あの、こないだもらったやつで十分すぎるから。有効期限が全然切れてないっていうか、まだ当分は」

「当分っていつまでだよ」

「……分かんないけど、俺の登校とほたるんの写メだと値打ちの釣り合いが取れてないから」

「何だそれ」

航輝はちょっと笑って「お前、ほんとおかしくておもしれー」と言った。それから「またあしたな」と帰っていく。鍵をかけながら侑史は「迎えに来なくていい」と言えばよかった、と後悔した。

演技の練習もしたいだろうし、父親とふたり暮らしだというのなら、家事の負担も色々とあるんだろう。学校に行きたくない気持ちはやっぱり変わらないけど、勝手に押しかけてきているだけだとはもう、思えなくなっていた。

携帯が鳴る。ぱっと確かめる。ほたるからだった。もちろん個人的なやり取りではない。月額三百十五円のメールサービスに加入しているだけだ。

『こんにちは、ほたるです☆　今日はこれから撮影！　何のお仕事かはまだ秘密だけど、衣装がかわいくてちょーテンション上がってます（ちょっとだけお見せしますね）。明日までブログもツイッターも更新できないと思うので、ちょっと早いけどおやすみなさい！　明日も頑張ってね』

添付された写真には、ふわふわしたスカートの、花柄のプリントだけがアップになっている。

これから何時間も働くんだ。俺がだらだらごはん食べて、ＤＶＤ観てネットしてる間もほたるんは。そんなのは今さら感じ入るまでもないことなのに、その日の「頑張ってね」は妙にずしりと応えた。自分に向けられているようでそうじゃないエール。何万人に送られる、これも彼女の「お仕事」。いや、本人が打ってすらいないかも。ネットのコミュニケーションは疑い出したらきりがない。

そんなものに、本気で励まされてしまう侑史を、人は馬鹿だと言うだろうか。でも思った。ほたるんが俺に、頑張れって言ってくれてる。

翌朝の母は、はっきりと嬉しそうだった。バスの中で、航輝に尋ねてみる。

「芹沢は、何で俳優になろうと思ったの？」

しかし航輝がまじまじと見つめてきたので、慌てて「ごめん、言いたくなかったらいいんだ」と取り消すと「いや」と答える。

「お前の方から普通の世間話振ってきたの初めてだったからさ」

「早起きしてくれたのに、黙ったままだと悪いなと思って」

「別にいいけど。きっかけ？　普通。家族で、事務所の人とめし食ってた時に『お兄さんもやってみない？』って誘われたんだよ。でもそこはアイドル専門みたいなとこだから、系列だけど違う事務所紹介してもらって、まあ何となく続いてますみたいな？」

「才能があったんだね」

「ねーよっ」

頭の中心に軽いチョップを食らう。

「んな恥ずかしいこと、素で言うなよ」

「え？　何で？」

プロに素質を見抜かれて、なるべくしてなったんだなと侑史はすんなり納得したのに、航輝は本気で恥ずかしそうにしていた。

「でも、スカウトされるなんてすごいと思う」

「向こうも半分冗談だったって。でもそん時、あいつが『お兄ちゃんには無理だよ』って言って、こっちもむきになったんだよなー。やってやんよ、みたいな」

「……ほたるんが？」

在校生も多く乗り合わせている車中なので、極力声を抑えた。

「うん。うそじゃねーぞ」

「疑いはしないけど……何でだろう？」

「そら、業界できつい思いもしてきたからじゃね？　だから心配して止めてくれたんかなーと思って今は別に気にしてないけど。あと、俺、ものすごい飽きっぽいんだよ。リトルリーグも水泳もすぐやめた。妹は小学校卒業するまで続けてたけど」

「そうなんだ……」

努力家なんだ。しぜんと頬が緩んでしまう——と二発目の手刀が振り下ろされる。

「何で⁉」

「いい顔してるからむかついた」

「ええ？」

「俺がこんなに一生懸命しゃべってんのに、あいつのこと言う時だけ、お前の頭の上にピッカーってランプが点くのが分かる」

「え……だって俺、オタだし」

「知ってるわ！　……何の話だっけ？　うちの兄妹って普通と逆なんだよ。俺の方が妹のまねすんの。野球も水泳も、あいつが先に始めて、面白そうだなって俺がついてって。でも俺は一年とかでサボり出して親がキレて退会」

「何で行かなくなるの？」

「んー。ある程度上達したらつまんなくなるから。習いたては超のめり込むんだけどさ。あ、こーゆー感じかあ、って勝手に悟った気になっちゃって」

「それって、きのう言ってた『分かる』って感覚？」

「んー……近いものはあるかな？　だから、お前が学校来たくない気持ちも分かるけど」

「分かんないよ」

反射的に言い返してしまった。それも、とても冷ややかな声で。分かるわけない。航輝はきっととても器用で、打ち込む対象の、凝縮されたツボみたいなのをさっと取り込み、満足してしまうのだろう。侑史とは全然違う。分かるわけがない。一瞬で冷えて固まった気持ちが胸のうちでからんと転がり、まずいと我に返った。

「あ――」

天井からぶら下がる金属のバーを握りしめる。怒ったかも。でも何て謝ったらいいんだろう。冷淡な反応を予想して胃がきゅっと怯《ひる》んだ。

「そか」

けれども実に呆気ない一言だった。

「え」

「いや、早瀬本人が分かんないつってんだからそうだろうなって。ごめん、気ぃつけるわ」

「……うん」

俺こそごめん、と言いたいのに、うまく出てこなかった。じっとうなだれていると「下ばっか向いてたら酔うぞ」と本日三回目の手刀。ただそれは、ふわっと優しく置かれただけで、航輝の気遣いが伝わってきた。

「うん」

頑張ってね、のメールを思い出して顔を上げる。

「今の仕事も、いつか飽きる？」

「え？」

うーん、と降車ボタンを見つめて航輝は考え込む。

「どーだろ。今んとこ全然、だけど、ある日急に飽きんのかな。でも習いごとと違って契約書あるしな」

本気で悩んでいるようだ。やる前に考えなかったのだろうか。でも航輝らしいなとそれこそよく知りもしないのに思ったりする。今までのセオリー通りならほたるより先に航輝は「芸能人」もやめてしまう。

「……もったいないな」

意図しないつぶやきが洩れる。

「ん？」

「……やめたらもったいないなって思って」

「いややめねーよまだ。『徹子の部屋』とか出たいし」

真剣に言われて吹き出してしまった。

「何でそのチョイス……」

「何となく」

次は学園前、のアナウンスが流れる。侑史はいやだな、と思った。学校に着くことじゃなく、学校に着いたらこんなふうに気軽に話せなくなってしまうのが。航輝の問題じゃなくて、侑史が緊張してしまうし、航輝の周りにはいつも誰かしらがいる。そりゃそうだ。侑史が楽しいように、皆航輝といたら楽しいのだ。その中から航輝は誰を選んだっていい。


三時間目が終わると、あともうひと我慢で昼休みだ、という空気で教室のざわめきはすこし明るくなる。

「あ、それいつ買ったの？」

「きのう。付録のトートかわいいと思ったからさ」

「そー、あたしも気になってたんだー。よかった？」

「ショボ！　って感じ。糸びろびろ出てるし。まじ後悔。駅ビルの本屋行ったら付録飾ってあんじゃん？　あそこでチェックすればよかった」

「そっかー」

隣の席の女子が開いている雑誌は、ほたるのインタビューが載っているから侑史もきのう買った。女の子向け媒体だとメイクはふんわり見せつつ濃いめ、でも服が凝っていてかわいい。そしてふしぎなことに、多少肌が出ていてもすんなり見られる。作り手の眼差《まなざ》しを反映しているのだろうか。

その、ほたるの特集ページをぴらぴら指先で弾きながら同級生は「久保田ほたる」と言った。心臓を弾かれたみたいにどぎまぎしてしまう。動揺を悟られないよう（誰も侑史に注意を払っちゃいないが）机の木目だけを見つめる。

「この子、そんなかわいい？」

「あー、かわいいと思ったことない」

「歌もヘタだし。映ってたらチャンネル変えたくなるんですけど」

「分かるー。つか整形じゃない？」

「まじ？」

「昔の写真、テレビで見たことあるけど別人だよ。鼻とか」

「うわー、そこまでしてアイドルなりたいかー」

ただのうわさが事実であるかのように会話が進行していく。

性格悪い。後輩をいびる。自分のファンにメアドを訊いた。ＡＤを足蹴《あしげ》にした……。

チャイムを待ち切れず、侑史は「あのっ」と声を掛けた。しかし小声すぎて聞こえず、二、三度「すいません」と呼びかけてようやく「は？」と不審げな応答があった。この時点で勇気や根性のゲージは限りなくゼロに近い。でも侑史は、妹を褒められて嬉しそうだった航輝の顔や、ほたるからのメールを思い描いて自分を奮い立たせる。

好き嫌いがあるのは当たり前だ。芸能人だから、あることないこと、ないことないことだってあれこれ言われるのも仕方がない。でも航輝にほたるの悪口を聞かせるのはあまりに忍びない気がした。

というか、ふたりの関係を知っている自分がそれを見過ごしたら駄目だ、という使命感みたいなものが侑史を支えていた。

「そ、そういうことは、大きな声で言わない方がいいと思う」

「はぁ？」

語尾はさらに、居丈高な尻上《しりあ》がりになる。女の子ににらまれるのって怖い。

「だから、さっきみたいな……」

そこでチャイムが鳴った。四時間目の、古文の教師は休み時間終了三十秒前から扉の前で待機し、授業を即座に始めるので生徒からの評判はすこぶる悪かったが、きょうだけはそれがありがたかった。

「ほら、教科書出せ、余計なもんしまえ」

珍しい、ジーンズ姿のほたるがジャンプしている雑誌も机の中に収納される。椅子を引く音、筆記具を取り出す音に交じって、確かに「キモ」と聞こえた。こういうのってふしぎなほどクリアに判《わか》る。毅然と注意、なんてできるキャラじゃないから半ば予想していた反応ではあったが、やっぱり消沈してしまう。

相手がどう思うかなんてみじんも考慮されていない本音の直球は恐ろしいまでの攻撃力を秘めている。直撃のダメージを侑史はいやというほど知っている。でも航輝の、同じ言葉にはさほど傷つかなかった。異性だから？　皆のいるところで言われたから？

航輝は相変わらず、ちらりとも侑史を見ない。

なのに四時間目が終わると、唐突に呼ばれた。

「おい。早瀬、行こーぜ」

「え？」

「早くしねーと混むから」

わけが分からないまま食堂に連行された。羽山と、まだ口をきいたことのない久住というクラスメートも一緒で、ふたりとも侑史の存在について何の疑問も呈さなかった。

「どっち？」

食堂に入ると久住が尋ねる。

「えっ」

焦ったが、パンを買うのか、うどんやそばの列に並ぶのか、と訊かれているらしいと分かったので「あっち」とパンのコーナーを指した。

「じゃあ俺のも買っといて。ミックスサンドとクロワッサンとマヨベーコン。金、後でいいか？」

急に言い渡されたお使いの品目が頭からこぼれ落ちないよう口の中で暗唱しつつ頷く。

「その代わり、飲みもん買っとくから。何がいい？」

「えー……っと、コーヒー牛乳」

「了解」

急かされたのが幸い、まだ混雑の前で難なくミッションをクリアできた。長テーブルの一角に座る三人の元へ向かい、「はい」と久住の前にパンの袋を置く。

「ありがと」

迷いなく代金きっかりの五百円玉が差し出される。ひょっとするといつも同じ組み合わせで買っているのだろうか。

「あ、あの、俺もコーヒー牛乳のお金……」

「それは航輝に言って」

「え」

「まーまー。とりあえず座れよ」

促されて、おずおずと席に着く。実は初めてだった。生徒の数に比べて食堂の椅子は少ない。だから必然的に「上級生、運動部、人気者」という利用要件ができ上がっていて、侑史は最初の項目だけはクリアしているものの、落ち着かなくてとてもじゃないが利用する気になれない。でも航輝に話したら「何だそりゃ」と笑い飛ばされるだろう。

その航輝は、金を受け取ろうともせず自分の紙コップを目の高さに掲げた。羽山と久住もそれにならうので、何かこの三人の間で取り決められた作法なのかと、侑史もコーヒー牛乳を持ち上げる。

「じゃ、早瀬にお疲れ！　ってことで！」

紙コップにつき、音のない乾杯。

「えっ？　えっ、俺の誕生日、二月だけど……」

途端に羽山が笑い出した。

「早瀬、違う違う、お前の勇気を讃《たた》えてんの」

「え……？」

まだ事態を呑《の》み込めない侑史に、久住が「さっき女子に特攻してただろ」と言った。

「おおー、勇者がいるわ、って」

と羽山。

「あ……」

鼻で笑われる一部始終まで聞こえてたのか、と消え入りたくなったが、羽山は「まじ尊敬するわ」と言う。

「女のうわさ話にダメ出しするとか、飢えたヒグマの檻に入るレベルの冒険だろ」

「そ、そうかな」

「なー航輝?」

「ほっときゃいーんだよ」

弁当の包みをほどく航輝の表情は心なしか困っているように見えた。

「色々言われんのは本人も慣れっこだよ、気にしてちゃきりがねー。まあ整形とか豊胸とか枕はさすがに腹立つけどな。うちの親の前で言えんのかよって思う」

そこで侑史はあれ、と気づく。

「羽山くんと久住くんって……」

続きを待たずに航輝が「おう」と答えた。

「こいつら、小学校から一緒だから知ってんの」

「そっか」

それであんなに仲いいんだ。一瞬、心に影が差して、そのことにあれ? と思う。航輝は別に隠してるわけじゃなく、あえて言わないだけだ。事情を知る友人ぐらいいたってちっともふしぎじゃない。むしろ、侑史しか知らないと決めつける方がおかしいのに。もやもや考え込む侑史に久住が尋ねる。

「ていうか早瀬こそ航輝の妹だって知っててかばったのか？　何で？」

「えーっと……」

「俺が話したんだよ」

航輝が代わりに答えた。

「何で？」

「話してもいいって思ったから」

何でこんなことさらりと言えるんだろう。ほかのふたりは「ふーん」という。それ以上でも以下でもない感じの反応だった。興味がなさそうなので却《かえ》って言い出す気持ちになれた。

「あの、俺、すごいファンで……だから……」

三対の視線が集中するとパンの袋をうまく破れない。

「え。ファンって、航輝の妹の？」

羽山の問いにちいさく頷くと、「すげーじゃん」と航輝に向かって言う。

「合コンのセッティングしてやれば？」

「アホ」

「そっかー、早瀬ってほたるん好きなのかー。俺は好みじゃないけどな、でもつき合ってって言われたらつき合っちゃうかも！」

「言わねーから」

「早瀬、さっきもっと言ってやりゃよかったんじゃん？　おめーらより一万倍かわいいから！　って」

「えっ」

「自分ができないことを人にけしかけるなって」

軽口を久住がぴしりとたしなめ、そして航輝の弁当を指差す。

「ていうか大丈夫か、その量で」

「んー？」

その指摘で侑史も気づいた。大きさこそ普通だが、八割がたおかずで、それもゆでた野菜がほとんどだった。肉っ気といえばささみぐらいか。ご飯も白米じゃなくうす茶色くて、種のような粒々がところどころに混ざっている。身体によさそうだけど、高校生男子が心ときめかす品がひとつもない。あまり食に関心のない侑史にだって物足りなく映った。

「今ちょっと体重落としてるから」

航輝はこともなげに答える。

「それって事務所命令？」

「いや、勝手にやってるだけ」

「もう結構やせてね？」

「いやもう一声」

やせた、と言われても以前を知らない侑史にはぴんとこない。でも、事務所のサイトで見た宣材写真よりは頬が削《そ》げているように思えた。

「抱き締めたら折れそうだよ……」

羽山がふざけた作り声でささやく。

「キモうぜえー」

節制してる航輝の目の前でこんなの食べていいんだろうか。手元のハンバーグサンドを見下ろして侑史は申し訳ない気分になったが、羽山も久住も頓着していなそうだし、何より航輝が笑っているので、自分も普通にしていようと努めた。


午後の授業が終わると航輝が近づいてきた。

「じゃ、俺、きょう寄るとこあっから」

お前んちには行かない、という意味だ。

「あ、うん……」

侑史は思いきって「そこまで一緒に帰っていい？」と尋ねる。

「おう」

航輝は快活に応じる。

「わざわざ改まって訊くなよ。へんなやつだな」

だっていちいち確認しないと不安だ。自分みたいな冴《さ》えないのが。

「お前、何で羽山にしゃべっちゃったの」

「え」

「ほたるのこと」

「……いけなかった？」

「いけないつーか、知られたくないんだろーなと思ったから。あ、あれか、俺に脅迫される前に自分からばらしちまえって感じ？」

「そうじゃなくて、あの、芹沢に気を遣わせて悪いなと思って」

「俺が？　何かしたっけ？」

「話してもいいと思ったから、って……」

「へ？」

階段の途中できょとんと足を止める。

「別に何も気ぃ遣ってねーよ。そう思うから言っただけだって」

「え」

「お前、ネガすぎ」

ぽんぽんと背中を叩かれると、自分の中にわだかまっているものが、猫が毛玉を吐くようにほんのすこし、出て行った気がした。

「芹沢、ダイエットしてるのは、例のオーディションのため？」

「あー、うん。あんま健康的だとおかしいだろ？」

「役がもらえるかどうか分からないのに？」

言った瞬間、しまった、と思った。これからその選考に臨もうって相手に、何て不吉なことを。謝らなきゃ、と思っても失礼の上塗りになったらどうしようと怖くて口を開けない。

でも航輝はあっさり「もらえなくても、だよ」と言った。

「もし駄目だった時、もっとああしてたらこうしてたらって思うのはやだから」

——後悔は、したくないんです。

いつかの、雑誌で見たほたるのインタビューを思い出した。振り返ってぐじぐじ思うのは嫌い。だから今できることを精いっぱいやってます。

お仕事用の、聞こえのいいおきれいなコメント。ファンじゃない人間はそう思うのかもしれない。でも侑史は、あれは彼女の偽らざる本音だったのだと思った。だってこんな航輝と兄妹なのだから。

「ごめんね、前」

「何だよ、また謝んの？」

「うちに来た時、お菓子食べる？　とか言っちゃったから」

「いーよそんなの、知らなかったんだし」

元々肉つきやすいんだよ、と上履きからスニーカーに履き替えながら航輝は言う。

「家系だろうな。うちのお袋とか、丸いぞー、顔。プリングルスのマークみたいだからな」

よそさまの母親、とは思いつつその表現には笑ってしまった。

「でも芹沢、全然太ってない」

「まだ若いからだろ。あいつだって夕方六時以降は基本的に何も食べないようにしてるってさ」

「え、でもブログによく写真上げてるけど」

差し入れ頂きましたー☆　とマカロンやらケーキやら持ってにっこり笑っている。そのたび侑史は、甘いものっていうのは女の子のためにあるんだな、としみじみ見とれた。

「あれはそーゆーポーズ！　もらいものならなおさら、嬉しいですってアピールしとかないと。あと、まあ、上下関係つーかさ、あいつが口つけるふりだけでもしないと、他のメンバーが遠慮するだろ？」

「あ、そっか……」

別世界の人なんだな、と実感するのは、スポットライトやステージの華やかさより、こういう、外から見えない人間関係の部分でちゃんと気配りしていると知った時だ。それも、身内の口から聞くと臨場感がある。

「すごいね、ほたるんも、芹沢も」

「ついでに俺を足さなくていいって」

「そんなんじゃ」

「いいんだって。今の俺とあいつじゃ、まだ比べものになんねーし」

あくまでまだだからな、と念を押されたところで校門の前だった。

「じゃあ俺、電車だから」

「うん」

「早瀬きょう何すんの？」

「えと、ＤＶＤの整理して、ファンクラブのお金振り込んで、八時からのミュージックギフトと０時半からのブロッサムパーティ観る」

「淀《よど》みねーな！　あした遅刻すんなよ」

「うん……あの、芹沢」

「うん？」

「が、頑張って」

「おう」

「ほんとに、ほんとに頑張って」

「何度言うんだよ」

笑われたけど、自分の言葉はきっと弱いから、たくさん積み重ねないと届かないと思ったのだ。ほたるがくれたメールみたいに、自分も力になれればいいのに。無理だよな、と思ってしまう。たぶんそれは、侑史が何も頑張っていないからだ。自ら動いていない人間の言葉になんて何の説得力もない。

言える人間になりたい。進学とか就職とか、将来の夢とか、何もないけど、ちゃんと「頑張れ」って言える人間になりたい。

初めてそんなことを、強く思った。


その晩、「終わったぞー」というメールが航輝から届き、どうだった？ って今訊いたって分かんないよな、と「お疲れ様」とだけ返した。すぐ電話がかかってくる。

『起きてた？』

「うん」

『今、妹の家なんだけど』

「えっ」

『はは、エロいこと考えたか』

「ち、違うよ」

オーディション終わりで事務所の社長に食事に連れていってもらって、遅くなったから泊めてもらうことにした、らしい。

『あいつ泊まり仕事でいねーしな。で、俺もあした別件の撮影入っちゃって、学校休むから』

「うん」

自分でもびっくりするほど落胆した。航輝がいない、ということは誰もサボリを咎《とが》めないのだから、大歓迎のはずなのに。

『今、ほっとしただろ？』

なのに正反対の予想をされて、半分冗談とは分かっていながら「違うよ！」とつい強く否定してしまった。

「そんなこと思ってない……」

『何だよ』

にわかに航輝は慌てる。

『まじに取んなよ。つか別にうざがられて当然だし……えー、とにかく、ごめん』

「あ、うん、俺こそ……」

変な間が流れてしまった。どうしよう、俺のせいだ。何か言わなきゃ、何か言わなきゃ。

「羽山くんと久住くんと、仲いいんだね」

『あー。うん』

航輝の声がやわらかくなったのでほっとする。

『あいつが芸能界入った後さ、やっぱ学校でちょいちょいいじられた時あったのな。売れる前はデパートの屋上で客ひとケタとか普通だったしさ。でもあのふたりは俺に一言も言わなかった。んで、俺が事務所入る時も、あ、そう、頑張ればって感じで、何か、そういうのって安心するんだよ』

「うん」

『お、もうすぐテレビ始まんな。じゃな』

「うん、おやすみ」

テレビの前で「はあ」と大きな息を吐いた。電話は電話で、会話とは別の緊張がある。目が冴えるのにぼうっとするような妙な興奮の中で、芹沢にはいい友達がいる、と思った。近すぎず遠すぎず、尊重してくれる相手。

何で自分は駄目だったんだろう。膝を抱える。学校に行かなくなる前から自分はずっと駄目で、駄目なのに気づかないでいたからあんなふうに扱われても仕方なかったんだろうか。だって彼らはたぶん「いい友達」で、侑史を取り除いた後もそれは変わらなくて、だったら侑史が悪いって話になる。

そうだ自分が悪い。あの時、もっとうまくやれたらよかったのに。

0時半になった。ほたるがテレビに現れ、侑史はそれ以上自分の傷口をほじくり返さずにすむ。彼女は背中を押してくれる。彼女は耳を塞《ふさ》いでくれる。歌も踊りも学芸会レベル、と嫌う人間はたくさんいる。侑史はそれの何がいけないのか真剣に分からない。未熟なコンテンツに元気をもらえる聴衆が一定以上存在し、ビジネスになり得るのなら、それ自体が技能じゃないか。歌が上手《うま》くてダンスが上手くて人を惹《ひ》きつけるのよりもある意味ハードルが高い。かわいいは無敵、きらきらは無敵。大丈夫、歌声だけはちゃんと届く。

私が私を嫌いな夜も　あなたは隣にいてくれた
私が私をやめたい夜も　あなたは隣にいてくれた

週明けの朝、起きて一階に下りると、キッチンのカウンターの上に四角い包みが置いてあった。

「これ……」

と言うと、スーツの上からエプロンを着た母親が「ごはん中途半端に余っちゃって」といやにそっけなく答えた。

「毎日パンじゃ飽きるでしょ。でも無理して持ってかなくてもいいからね」

侑史の登校継続に期待しつつ、精いっぱいそれを出さないようにしているのが伝わってきた。心配に決まってんだろ、と航輝の言葉が改めてしみる。

「ありがとう」

大判のハンカチにくるまれた弁当箱はまだほのかに温かかった。チャイムが鳴る。

「行ってきます」

「行ってらっしゃい」

ドアを開けると、開口一番「金曜、ちゃんと学校来たんだってな」と言われた。

「えらいえらい」

当たり前だよ、とつい言い返しそうになったが、その「当たり前」を放棄してきた前科があるので「う、うん」と口ごもった。

「何で知ってるの?」

「羽山にメールしたから。あ、別に見張るとかの意図はねーよ？　単純に気になっただけ」

「……じゃあ俺も、気になってること訊いていい？」

「何だよ」

「オ、オーディションの結果とかって、もう出た……？」

「ああ」

と航輝は明るい表情になった。

「オッケーだった。次最終だって」

「ほんと？」

「残り五人なんだけど、ここまで来たらガチで狙《ねら》いに行くわー。記念受験みたいなつもりだったのに、まじで早瀬のおかげかも」

「え、別にそんな……」

「最終審査、来週なんでそれまではお前んち通わせてな」

「あ、うん」

それまで。終わったらもう、来ないということか。そりゃそうだよな、何のおもてなしができるわけじゃなくて、延々ＤＶＤ鑑賞につき合わせてるだけなんだから。こっちだってひとりになってのびのびとほたるんに没頭できるはずで、ここのステップがかわいいとか、この時の衣装は一度きりしか着ていないレアなやつでとか解説して、それにふんふん頷く航輝はいなくて、それが本来の侑史の日常なのだから。

たかが数日で物足りなく感じるようになったのは、やっぱり航輝の才能なんだと思うことにした。人の目や心を簡単に持って行ってしまうのだろう。

「早瀬」

「ん？」

「あのさ。ひょっとしてお前、オーディションの合否、気にしてくれてた？」

「うん」

そりゃそうだろう、とちょっと心外なぐらいだったが、航輝はびっくりしたようすで「悪い」と言った。

「きのう、結果出てたんだけど、あした言えばいいやって思ってて。ほら、何か自分から報告すんのもめちゃ浮かれてるみたいで恥ずかしいだろ？　羽山たちにもわざわざ言ったことねーもん」

「え、羽山くんたち知らないの？」

「そっとしといてくれてんのかもしんねーけど。ま、どーでもいいんじゃね？　俺だって逆の立場ならいちいち覚えてもねーし」

「そうなのかな」

「興味津々よりいいよ。俺、いちばん嫌いな質問は『どんな芸能人に会った？』だもん」

そうか、うっかり口にしないよう気をつけなきゃ、と心に刻んでいると航輝は見透かしたようににやっと笑って「お前は絶対そんなの言わねーからいい」と言った。

「あ、バス信号の手前まで来てる、急ごうぜ」

「うん」

小走りに駆けながら、もしオーディションが終わっても、朝のお迎えは続くのかなと思って、でも訊けなかった。


オーディションの前日、「じゃあ帰るわ」と腰を上げた航輝に侑史は「駅まで一緒に行っていい？」と言った。

「いいけど、コンビニでも寄んの？」

「うん、ちょっと」

大丈夫、これ渡すだけ、とポケットの中で手を握り締める——正確には手の中のもの、を。学校へはバスだが、航輝の家なら電車の方が便利だ。駅には川をひとつ渡ってゆく。ゆるい坂を上って橋にさしかかると、目線と同じ高さで電車が横を通り過ぎた。

まだ浅い夜の中でその明かりはひどくやわらかい。海の底で光をにじませながら進んでいくようだった。あれに乗って航輝も帰る。いつも見ている眺めで、川べりにはごく普通のマンションや工場が並んでいるというのに、航輝がふしぎな、童話の世界にでも去ってしまう気がした。たぶんこれは、名残惜しいという気持ちなのだろう。

「涼しーな」

でも航輝は至ってのんきに言う。

「昼間とかやばいぐらい暑くね？　最近」

「うん」

「早瀬、靴紐ほどけてる」

「あ、ほんとだ」

慌ててしゃがみ込み、結び直したがちょうちょがよじれてぶかっこうな仕上がりになった。

「へったくそだなー」

こういう直球の物言いには萎縮《いしゅく》させられてしまうはずなのに、どうして航輝だと平気なんだろう。

「これじゃまたすぐほどけんだろ……じっとしてろよ」

いきなり視界から航輝が消えた。

「え、いいよ」

つむじに向かって声をかけたが「動くなって」とたちまち結んだばかりの紐をほどいて、逆方向にもかかわらずきれいにやり直してくれた。

「こっちもゆるゆるじゃん、危ねーな」

と反対の足まで。侑史の影が、丸まった航輝の背中に落ちる。きゅ、と足の甲を締めつけられる感触になぜか心臓が騒いだ。

「これでよし」

今しかない、そんな気がした。見とれるほどスムーズな、上から糸で吊られたような淀みない動作で立ち上がった航輝と目が合う前に、ポケットから出した手を差し出す。

「ん?」

「えっと……あの、」

ゆっくりと指を伸ばす。そこにある、白いちいさな袋を見て航輝は目を丸くした。

「お、お守り。あしたうまくいきますようにって」

侑史の「頑張れ」じゃあまりにも軽くて、力になれないと思ったから。でもかたちあるものもそれはそれで重いというかうっとうしくはないか。散々迷った挙句、珍しく侑史は思いつきを実行に移したのだった。

「うちの近所の、全然何てことない神社なんだけど——とか言ったら御利益が、どうしよう」

「や、それはいいんだけど」

「はっ、はい」

「何で『健康御守』なの?」

「あの、買う踏んぎりがつかなくて境内うろちょろしすぎて不審な目で見られ始めて、あんまよく選ぶ暇が……猫にも吠《ほ》えられたし」

「猫は吠えねーだろ」

「吠えたよ。『ニャーッ！』って。怖かった……」

と心から洩らすと航輝は大声で笑った。

「お前、弱すぎだろ！」

「だって」

それから顔じゅうくしゃくしゃにして侑史の手を握る。正確には手のひらのお守りを取ったのだけれど、全身がぱんぱんの水袋になって、針でつつかれ、ぱちぃんと弾《はじ》けたような感覚があった。

「ありがと、頑張るな」

「……うん」

航輝の笑顔の後ろを、今度は逆方向の電車が通り過ぎて、その音がなぜか耳に届かない。車窓が鏡になって反対側の空の、漉《こ》したようになめらかな雲のたなびく夕焼け空をいちめんに映した。ぶどうを絞ったような濃い赤紫。まだ、夕暮れは終わらない。

ああ、いつの間にか陽《ひ》が長くなったと思った。季節が動いている。でもいつもみたいに、身の置きどころのない焦燥にはかられなかった。

「俺さあ、あんま応援されんのやだって思ってたんだよ。こう……何かの大会で優勝するっていうのと違うし、自分でやりたくてやってることだし、期待かかるとちょっとつらくてさ。だから放っとかれてる方がよかったんだけど……やっぱいいな、誰かにこういうふうにしてもらえんのってさ」

こういうふうにしてもらえた、と言ってくれた。自分のすることで、航輝が喜んでくれた。

「もらった」のは侑史の方だ。

「え、おい」

いきなり涙腺《るいせん》がゆるんだ。それはもう紐がはらっとほどけて涙の桶がばらばらになったのかと思うほど、とどめようもなく。

「何だ何だ」

にわかにおろおろと、右から左から侑史の顔を覗き込むのを繰り返す航輝は、ごくごく普通の高校生に見えた。謝るより涙を拭《ふ》くより、侑史は航輝に打ち明けたくなった。

「と、友達だと思ってたんだ……」

「へ？」

「友達だと思ってて、でも俺だけだったみたいで、いじめられたとか裏切られたとか、そういうんじゃないんだけど、俺が悪かったんだけど、それで、もう、学校行きたくなくて、一日行かなくなったら、次行った時に前よりもっといやなことが起こるんじゃないかって怖く

なって、ずるずる一年以上経って……」

鼻をずずっとすすりながら、まったく要領を得ないしみっともないったらなかった。でも航輝は神妙に「ごめん」と言った。

「俺、お前が面倒とか言ったの真に受けて無理やり連れ出して」

「ううん」

首を横に振る。と、両目の裏にある涙の球が揺れて、また目頭からこぼれる。

「クラス替えしてからも行かなかったのはほんと惰性で、ていうか、学校のことはいいんだ。今嬉しかったから、それで芹沢に言いたくなって……ごめんね、急にへんなこと言って」

手首まで使ってごしごし目をこすり、まともに航輝を見たら、久しぶりに会ったみたいな、懐かしい気持ちになった。

「俺が嬉しいって話してたんじゃなかったっけ」

「そうなんだけど……」

へへ、と笑ってごまかすと航輝は「ちょっと歩こうぜ」と駅まで遠回りして歩いた。

「大事な勝負の時におすすめのベビブロの曲って何?」

「えーっとね……『Ｒｕｎ，Ｇｉｒｌｓ，Ｒｕｎ』とか……ファーストアルバムに入ってるやつ。あと、『少年はいつか』とか、『五番目の季節』っていうのもいいよ。ほたるんのソロだと『秒速少女』あたり？」

「相変わらずこの話題だといきいきすんなお前はよー」

「え、そんな……あ、家帰ってCD取ってこようか？」

「いらねー。妹の歌声聴いてオーディションとか無理だから」

じゃあな、と改札で別れた後も、妙に立ち去りがたくて、乗降の人波の中で杭《くい》のようにしばらく侑史は佇《たたず》んでいた。家に帰って、航輝からのメールに気づく。前回同様、添付ファイルが一緒だ。開くと、今度はもろにカメラ目線のほたるがいてのけ反ってしまった。すこし眉根を寄せた不審げな表情、ファン向けの媒体にはまず載せない。変顔とか困り顔が売りのメンもいるけど、彼女はそれをあまり好まないようだった。本文を見る。

『何か写真くれっつったら、悪用しないでよ！　ってこんなんきた（笑）』

わざわざ頼んでくれたんだ。一気に申し訳なくなって落ち込んだ。大事な審査を控えた航輝に却って気を遣わせてしまった。あんなふうにいきなり泣き出したから。バカだな、お守りなんて渡さなきゃよかった――いや。ぐぐーっと傾いた思考を何とか立て直す。お守りは、よかったんだ。だって航輝は喜んでくれた。すくなくともそこまではよかったと思おう。

その晩の、ほたるんからのメール。

『こんばんは、ほたるです。きょうはすっごく夕焼けがきれいでしたね。見れなかった人のために写真を載せちゃいます。つーちゃんが撮ってくれました。これから収録！　皆さんも頑張って下さい』

翌晩、航輝から電話があった。

『終わった』

「ど、どうだった……？」

って訊いちゃっていいのかな。

『やー、分からんけど、とりあえずお疲れ会で焼肉連れてってもらった。ひっさしぶりに腹パンパンになるまで食ったわ。たぶん今大口開けたら喉からカルビ見えてる』

明るい口調だったから、航輝なりのベストは尽くしたんだろうなと思った。

『撮影始まったらスケジュールきついけど大丈夫？　とか色々、訊かれた』

「それってもう決まったようなもんじゃないの？」

『全員に訊いてんのかもしんねーし。大学行くっつったら若干微妙な顔はされたかな』

大学。そうか、前にも言ってたな。今まではタイムリミットの宣告に等しい、聞くだけでため息の出る単語だったのだけれど。

「大学も、羽山くんたちと一緒？」

『んー、羽山はそうかもしんないけど、久住は指定校でさくっといいとこ行くつもりだよ。高校だってもっと偏差値高いとこ楽勝だったのに、大学受験であくせくすんのやだからってわざわざうち来たんだぜ。評定平均高いと、返さなくていい奨学金もらえるし」

「しっかりしてるなあ」

『お前は？　って前も訊いたっけ？』

「あー……」

決めてない、と言うつもりだった。でも気づけば「行こうかな」と口走っていた。

「大学……」

こんな急に感化されて、と自分に呆れたが、航輝は「おう、そっか」と声を弾ませた。

『んじゃ一緒に合格祈願したり見張り合いながら勉強したりできるじゃん』

どうやら受験にまつわるイベントごとが楽しみらしい。高校生活を堪能したいと思うのと同様に「受験生」というのも、航輝にとってはたとえばＲＰＧの職業みたいな、満喫すべきものなんだろう。

「でも、いいのかな」

『何が？』

「目的があるわけでもないのに……」

『目的は大学じゃん』

「何となく大学に入ったって意味がないってよく言ってるから」

『誰が？』

「誰がっていうわけじゃないけど……敢《あ》えて言うなら世間？」

『何となく入ってほしくないんなら大学こんなに建てなくていいじゃん。ハコいっぱいつくっといて軽々しくくんなってのは、おかしーだろ』

「そ、そう……かな？」

『いんだよ別に』

「芹沢は、もう職業が決まってるから」

『決まってねーって。覚悟決めらんないから大学行くんだ、俺だって』

「意外」

『意外じゃねーよ。だから高校行かないってはっきり自分の道決めたあいつはすげえと思う。まー、これ言ったらあれだけど、女だし、誰か金持ちうまいこと捕まえて結婚すりゃいいのかな――ってこれ地雷だった？　怒った？』

「だ、大丈夫」

ほたるが、結婚。前にデザイナーのショーに招《よ》ばれて着たウエディングドレスは、目を開けられないほどかわいかったけど。

『早瀬ってもしあいつが引退したらどうすんの？』

どうするって、どうしようもないんだけど、航輝が訊きたいのはたぶんそういうことじゃないんだろう。沈黙していると「いや、まじに考え込むなよ」と言われた。

『首吊《つ》ったりしなきゃそれでいいよ。じゃな、おやすみ』

「おやすみ」


梅雨《つゆ》入りの直前、球技大会があった。去年なら登校するという選択肢すら存在しなかったけれど、航輝がいつも以上に意気揚々と迎えに来たので、極力ボールを回さないでと頼むのが精いっぱいだった。サッカーなのは不幸中の幸いだ。バスケだとひとりあたりの責任が大きくなってしまう。

「優勝したらラーメン屋で打ち上げな！　俺、きょうだけは炭水化物を思っきし封印解除するわ。二杯食う」

「え、全員なんてお店に入りきらないよ」

「二十人だろ、平気だって」

「それって男子だけってこと？」

「えー、いらないだろ女子、めんどくせーし。男子会男子会」

「芹沢って時々、小学校の高学年みたいなこと言う」

「え、バカにしてんのか？」

「違うって」

彼女のひとりやふたり、いない方が意外なのにそんな子どもっぽい発言。

「あ、ひょっとして早瀬、女子呼んでほしーの？」

「怖いからいい」

「お前こそ小学生じゃん！」

オーディションの結果はまだ出ていないらしかった。そして今のところ、航輝は用事のない放課後は侑史の家に入り浸っている。

「ひょっとして該当者なしでやり直しとかしてーんかな」

とぽつりと洩らした声が航輝にしては心細い響きで、侑史からは「返事きた？」とか話を振らないようにしていた。

試合の方はたまたまサッカー部が五人いたせいか、航輝の男子会プランに惹かれたのか、午前中の二試合で快勝を収めた。総当たりの得失点差で決まるから全組み合わせが終了するまで結果は分からないが順調といえる。

「ＭＶＰ決めて全員がそいつにおごることにしようぜ」

とすでに三点を獲った航輝が提案して「お前がただ食いしたいだけだろ！」と突っ込まれていた。体育の授業なんかでもしょっちゅう感心させられるのだが、航輝は元々の身体能力が高いのか、一度お手本を見せられれば大抵のことは「こんな感じ？」でこなしてしまう。野球や水泳にすぐ飽きた、というのも分かる気がした。

「『龍王軒』行こーぜ、あそこのつけ麺《めん》超うまいの」

「遠いって。『山水亭』は？」

「あーあそこ、こないだテレビで紹介されてから行列してんだって」

「まじで？」

ラーメン屋談義をよそに侑史は立ち上がる。

「お茶買ってくるけど、何かいる？」

ウーロン、ポカリ、と注文を取りながら、いつの間にか全員の顔と名前がちゃんと一致するようになっていたのに気づいた。女子はまだ自信がないが、そういえばクラスメートの方でも、もう侑史が教室に入った時に微妙な空気を醸し出さなくなり、ただの目立たないひとりとして扱われるようになった。ロッカーに携帯を預ける時の、手足をもがれるような不安も今は感じない。学校から遠ざかるのもあっという間だったが、社会復帰も案外早かった。最初がスパルタだったおかげだろうか。

いやでもまだ油断はできない、いつ半引きこもりに逆戻りするか分かったもんじゃない。自分の意志の弱さを戒めながらも、足取りは妙に軽い。

楽しいんだ、と思った。校庭に座り込んで、うまくもなければ特別真剣でもないサッカーを眺めてあしたには忘れるようなどうでもいい話をして、時々出場させられて。やる気ねーな！　と怒られても隅っこで大人しくして、何が面白いんだろう、と自分でも首をひねるような学校行事に今わくわくしている。航輝が学校を好きなのって、ひょっとしてこういう感覚なのだろうか。だったらいい。

購買で両肩がずっしり下がるほどの飲み物を買い込み、校庭に引き返す途中で後ろから声をかけられた。

「侑史」

誰だか分かった。足を止めたくなかった。聞こえないふりをして振り返らずにそのまま行ってしまいたかった。でも侑史は立ち止まってしまう。うつむいた視線の先には体育用のスニーカーがあって、靴紐の結び目はいつかみたいに苦しそうにねじれていた。ゆっくりと振り返る。

「……久しぶり」

八木《やぎ》が、自分から呼びかけた割には困惑した顔つきで立っていた。

すこし背が伸びた。髪型が昔と違う。その時侑史は、一年って長いんだな、と実感した。顔を合わせず避けているうちに、元同級生の印象は変わっている。俺もそうなのかな。

「うん」

返答はか細すぎて、相手の耳に届いたのかどうか。両手に提げた、ペットボトルでぼこぼこ膨れたビニール袋が急に手のひらに食い込んで、それは自分が拳《こぶし》を握ったせいだと気づく。

「きょう、来てたんだな。さっき偶然見かけてびっくりした」

一組と五組、教室は校舎の端と端で、間に階段も挟んでいる。合同の授業もない。だから、ずっと不登校のままだと思われていても無理はなかった。こうして目撃して、気にかけてくれる程度には侑史のことを考えていたというべきか。きょうここを通らなければ何もする気はなかったんだな、と落胆すべきか——ううん、違う。八木が悪いんじゃない。俺が悪かったんだから。

「元気か？　っていうのもへんかな」

八木はすこし笑ったが、侑史がすこしもつられないのですぐ顔をくもらせた。

「えっと——」

言い淀んでいる。何か言わなきゃ。元気だよ？　もう気にしないで？　あの時はごめんね？　ここで全部すっきりさせればいいんだ。元々大した問題でもない。ただ自分が打たれ弱かっただけで——。唇は半端に開いたが、どんな言葉も出てこなかった。金魚みたいに間抜けなんだろうなと、思う余裕はなぜかあった。侑史が黙りこくっていると、八木は今気づいたというふうに「それ、重そうだな」と侑史の荷物を指した。

「片方、持とうか」

一歩、近寄られたぶんだけ後ずさった。拒絶、という積極的な意図はなくて、反射的に身体が逃げてしまったのだが、八木は悲しそうに目を細めた。胸が痛む。

「おい」

意識が八木に集中していたから、突然の声は降ってわいたように聞こえた。

「わっ」

話し方を忘れたように何も言えなかったのがうそみたいに驚きが口からこぼれる。食堂の出入り口に航輝が立っていた。後ろでは羽山と久住が顔を見合わせている。

「何やってんだ。おせーよ」

ぶっきらぼうな響きに気後れしたのは侑史より八木の方だったようだ。

「じゃあ……」

と言い終わらないうちにきびすを返し、小走りに去って行く。とうとうまともな会話はできずじまいだったが、追いかける気持ちにはなれない。

「ごめん」

と航輝に向き直っても、航輝はうろんげに視線で八木の背中を追っていた。目に力があるから、ちょっと怖い。

「芹沢」

「あいつが友達？」

「え？」

「友達、だと思ってたやつ？」

「あ……」

情緒不安定に陥って洩らしたとりとめない告白を、覚えていてくれたのか。嬉しさより動揺が大きく、まだ平静を取り戻せていない神経が波のようにぐねぐねうねるのを感じた。

「違うよ」

ととっさに答える。

「でも何か、やばげな雰囲気だったろ。話し合いたいならいてやるから、呼んでくるか？」

「いい」

今にも追いかけて行ってしまいそうなのが怖くて、つい早口になる。

「芹沢に何かしてもらうことじゃないから」

「……あっそ」

あからさまにむっとした態度で、侑史の両手から袋をひったくるとずんずんグラウンドに向かっていく。怒らせた。でも、何で？　そんなに機嫌を損ねるような発言だったっけ？

立ち尽くす侑史に羽山が「おい、気にすんなよ」と言った。

「でも」

「あいつ時々女子だから」

と久住も平然としている。

「女子？」

「つーか、ガキ大将？　みたいな。自分の把握してない人間関係に直面するとすねるんだよ」

「すねる……？」

今の反応が？

「そう、早瀬が航輝を疎外したから」

「疎外ってそんな、大げさな」

「いやいや思ってるよあいつは、ハブにされたって。俺と久住がふたりだけで遊んでんの、後から知っても機嫌悪くなるからな、あいつ」

「時々ものすごくめんどくさい」

ふたりがあんまり手加減なく言い放つものだから侑史は「だめだよ」と慌てる。

「何が」

「お、俺は芹沢に色々感謝してるからそういうのは……」

「いや別に陰口じゃねーよ、本人にもしょっちゅう言ってるもん。お前うぜーなーって」

「愛されキャラに慣れすぎて、輪の外に弾かれるとショックなんだろ。早瀬も気にしなくていいから」

と久住には言われたものの、どんな顔をして航輝のところに行けばいいのか分からなかった。羽山たちみたいに何でも言い合える仲じゃないし、何となくだけど、へたに謝ったらますますすねてしまいそうな気がする。それで「トイレ」とごまかして教室に戻った。外から見られないよう、窓の下に座り込む。壁がつめたくて気持ちいい。机と椅子の脚が林立する眺めはちょっと新鮮だった。午前の試合で結構引っ張り出されたから、ちょっとぐらいさぼっても構わないだろう。

きょうは各自で管理することになっていた携帯を取り出し、マナーモードを解除した。イヤホンが手元にないからごく小さな音量で音楽を流す。目を閉じる。

その時教室の引き戸ががらがら音を立て、はっと目を開けると航輝が携帯片手に立っていた。やば、と一瞬にして心臓がしぼんだが、航輝は無言で近づいてくると侑史の隣に腰を下ろした。

「あの――」

「今電話があった」

膝の上で携帯をもてあそびながら、静かに言う。

「え」

「オーディション。駄目だったって」

また、何も言えなくなる。きょうはこんな場面ばっかりだ。でも何が言えるだろう。大人顔負けの競争や選別にもまれている同級生に、何に打ち込んだ経験もない自分のような人間が。ほたるんだったらどんな言葉をかけるんだろう、と想像し、かけっ放しの音楽にようやく思い至ってすぐ切った。

「何だよ」

　意外なことに航輝が笑う。

「いいよ、そのままで」

「ううん……」

「お前、飲み物の金もらってないだろ？　久住が集めて持っててくれてるから」

「うん、ありがとう」

　さっきの話題に触れてくる、ということは、もう機嫌は直ったのだろうか。緊張に身を硬くしているとすっと手を取られる。

「芹沢？」

「まだ跡ついてんな」

　手のひらの真ん中に、わだちの跡みたいな赤い筋が走っている。袋の持ち手が食い込んでできた線。そこを航輝の指がまっすぐになぞり、くすぐったくて、熱くなって、むずむずした。

「あのっ」

「んー？」

「やっぱりちゃんとしたお守り買えばよかったね」

気の利いた台詞を探す余裕なんてなかった。言葉、というより息を吐かないと、と思った。背中はつめたいのに、頬だけ火照って汗をかきそうだから。

「そか、お前のせいだったかー」

航輝の答えは、こんなに肩の力が抜けているのに。

「うん」

「いやうんじゃねーよ」

けらけら笑って、侑史の手を離した。するとまた、そうか、そんな簡単に離せちゃうんだ、と複雑な名残惜しさが湧く。でも、立てた膝の間にかくりと頭を落としてしまった航輝を見て、そんな場合じゃないと気づかされた。

「芹沢」

「決まってたんだって」

「え?」

床に放たれる声は独特のこもり方をしていて、それが失意を表しているようで何だかつらい。

「局の方と、よその事務所で、取り決めっつーか。色々、力関係みたいのがあって、前からの貸し借りとか、何かそーゆーの……だから今回、最初っから誰が受かるかは決まってたんだって」

「だって……それなら何でオーディションなんてわざわざ」

「ちゃんとしてますよっていうのを見せとかなきゃいけない相手がほかにいるんだろ。あれだ、大人の事情ってやつ」

見せかけのレース、張りボテのドラマ。そういう茶番が起こる世界だというのは、もちろん侑史も知っていた。テレビとか雑誌とかネットとか——それも「大人」が発信する情報だ。でも当事者の口から聞く生々しい衝撃とは比べ物にならない。ひとりの人間の努力や思い入れを、最初から捨ててかかっていい「事情」って一体何なんだ。

「マネージャーが、こっそり教えてくれて。脚本の人は俺のことすげえ推してくれて、そんで局とバトってたんだって。でも、やっぱキャストは動かせないよってことで」

「それなら……最初から言ってくれたっていいのに」

高校生の男が食べたいものも食べず、ストイックに臨んでいたのに。油っけの全然ない航輝の弁当を思い出すと、苦しくて腹が立ってしょうがなかった。

「経験のつもりだったらしーよ。模擬オーディションつーか。ネタばらしされたら俺だってばかばかしくてテンション下がるし」

「だけど……」

「俺が、どうしても納得できないのはさ」

侑史の言葉を遮って言う。

「むしろ何でばらしたんだ？　って話。最初っから話ついてんなら、最後まで隠し通してほしかったよ。それなら、ただ力不足だったんだなって、悔しいけど、こんなにもやもやしなくてすんだ。でもあんなこと言われたら、もっとうまくならなきゃっていうふうには切り換えらんないし、主役決まったやつ、全然面識ないのに嫌いになりそうじゃん。本人が悪いわけじゃないのに、いやなことされてない相手を嫌いになるのって何か醜くない？　だから俺、そういうのすげえいやなのに……」

航輝の熱意を、マネージャーは侑史なんかよりずっとよく知っていたに違いない。だから、慰めのつもりで打ち明けたのだろう。あなたの能力や頑張りが足りなかったわけじゃない、と。ああそうか、とほっとできる人間もいるのかもしれない。でも航輝には逆効果だった。こんな大事な部分を見誤った航輝のマネージャーとやらを、侑史は嫌いだと思った。侑史自身が何をされていなくても嫌いだ。自分でもこんな激しい気持ちになるのがふしぎだった。

「……あーあ」

航輝が顔を上げて侑史を見た。

「でもこんなことでぐだぐだ言ってたらそれこそ駆け出しのくせにって怒られるからさ。うん、でもお前に愚痴ってちょいすっきりした。もうあしたからこの話はしない」

「俺でよかったの？」

「うん？」

「羽山くんたちじゃなくて」

「あいつらには言えねえなー」

「何で？」

「んー……かっこつけてたいのかな？　解決策のありそうな相談とかじゃないし。言われた方も困るだろ？　気ぃ遣わせたら悪い」

説明してから一瞬ぴたっと静止し「早瀬に気を遣わせるのが平気ってわけじゃねーよ」とものすごい早口で言った。

「わ、分かってる」

「何だろな……よく分かんねえけど、電話かかってきて、話聞いて、切って、すぐ早瀬探しちゃった。したらお前、セッティングしてくれてるみたいに人のいないとこで座ってるしさ。ひょっとしてエスパー？」

「たぶん違う」

「たぶんって言われたら疑う」

「絶対違う」

「そうか？　俺のＤＮＡを透視したしな」

「してないよ……」

「あー、そうだ。お前が俺見て『ほたるん』って口走った時の感じなのかな。自分でも説明できないけどとにかく言っちゃった、ていうのと」

「……ちょっと分かった気がする」

「だろ」

と航輝は笑ってみせる。こんな時にも、不満もきょう限りだと心に決めて。どうしてそんなに強いんだろう。問いは自分に跳ね返ってきてしまう。どうしてそんなに弱いの？

航輝がつぶやく。

「『ほたるん』だって、理不尽な思いは腐るほどしてきてんだろうな、俺の百倍ぐらいはさ。そんでも人前では出さないんだろうな」

「関係ないよ」

きっぱり言うと、りりしく切れ上がった目が丸くなった。

「今、ほたるんの話なんかしてない」

「……うん」

航輝の頭が、ゆっくり傾いた。侑史の肩に、静かな重みがかかる。侑史の心臓も、今度は静かだった。

「ちょっとこうしてていい？」

「うん」

頭のてっぺんから、さわわ……と水の音が降ってくる。

「雨、降ってきたよ」

「まじで?」

そういえば、明かりをつけない教室はずいぶんうす暗かった。いつの間にか太陽が隠れてしまったのだろう。

「結構降ってる?」

「分かんない。見ようか」

「いい」

かぶりを振ると、硬い髪が侑史の首すじをこすった。

「このままがいい」

「……うん」


このまま、は長く続かなかった。雨で午後の競技が中止になり、生徒たちがぞろぞろと教室に帰ってきたからだ。大勢の足音が響いてくると航輝は未練なく立ち上がり、侑史の手を引っ張って立たせた。

「あれ、航輝こんなとこでサボってたんかよ」

「午前中走りすぎて疲れた。優勝した?」

「や、だって途中で終わったもん。ラーメンどうする?」

「優勝してないんならいーや、雨だし」

「何だよ、俺かなり行く気になってたのに」

「体育祭でリベンジ」

「十月かよー」

「すぐだよ、な」

最後のは、侑史に向けられた問いかけだった。体育祭にだって出るだろ、という。侑史はその意図を汲んだ。そして「うん」とはっきり答えた。


球技大会が金曜日で、週明けから航輝は侑史の家に寄らなくなった。オーディションが終わったから、じゃなく、期末テストの二週間前という日程だからだ。理由がつくのは何となくほっとした。そして試験の数日前、初めて侑史は部屋に航輝以外の他人を招いた。

「うおっ」

中を見るなり羽山はのけ反った。

「すっげー。まじでファンなのなお前」

「うん」

「これ見るまであんま信じてなかったよ。全然そういう雰囲気なかったもん」

「え、自分では結構あると思ってた」

「いや、何かにハマるとして、城！　とか電車！　とか生身じゃない感じ？」

壁のポスターをぐるっと見回して「どれが気に入ってるやつ？」と尋ねる。

「てゆーか、もっとエッチなのない？」

「え、えっと」

「羽山、うるさい」

興味津々なのを久住がぴしゃりと制した。

「遊びに来たんじゃないだろ」

「あー!!　勉強したくね〜!!」

「だからうるさい」

集まって勉強しようか、という話が持ち上がった時点では、自分の部屋を提供するつもりはなかった。いや、というよりちょっとおこがましい気がしたのだ。提案は航輝で、久住が「毎日お前んちは悪い」とやんわり辞退した。聞けば、久住の家は店をやっているのでやかましく、羽山のところは兄弟が四人いるのでやかましく、環境的に今いち、という事情でいつも芹沢家に集合していたらしい。

——前はそんなこと言わなかったじゃん。

航輝はみるみるふくれっ面になったが「そんなことも考えるようにならなきゃ駄目だろ」

とたしなめられていた。羽山は何も言わない、ということは久住に賛成なのだろう。侑史はおそるおそる片手を挙げた。

——じゃ、じゃあ、よかったら、うち、とか……。

「いやお前それは」

と内情を知っている航輝はすぐに反応したが、羽山が「え、いいの？」と身を乗り出してきた。

——うん、親、遅いし。

——やりー。

で、今に至る。両親には、「泊まりは不可。必ず終電で帰ってもらいなさい」とだけ条件を出された。男だけ、と言ったら疑うどころか「そう……」とすこし寂《さび》しげで、親の心配っていうのは尽きないものだなと思う。部屋に入れずにリビングで行う選択も考えはしたが、最終的にまあいいか、と思えたのだ。久住も羽山も、航輝の友達だから。

「え、航輝ここ来たことあんの？」

「しょっちゅう」

「落ち着かなくね？　妹に囲まれてて」

「んなこと気にしてたらテレビもつけらんねーし、本屋にも行けねーよ」

「こんだけ愛してくれてんだからやっぱパンツもらってきてやれよ」

「しつけー。大体中身なくてパンツだけもらったって別に嬉しくないだろ、なあ？」

「う、うん」

きわどい話題を振られて口ごもっていると久住が「ほんとにもういいから」と怒り始める。

「早くやることやれ。時間の無駄だ。雑談するんならひとりの方が効率いい」

「はーい」

四人で、粛々と教科書を広げた。航輝が話した通り久住は抜群によくできて、自分の勉強というよりは他のふたりの指導に来てくれている感じだった。小一時間ほどが経過した後、羽山が「てかさー」とつぶやいた。

「何で俺より早瀬の方が理解してんの？　俺、一応毎日登校してんですけど」

「素の出来が悪いんじゃね」

「航輝に言われたかねーよ」

「一応、家で勉強してたから……」

「そうなん？」

「教科書に載ってることだけはカバーしとこうと思って」

「え、それってすごくね？」

「え？」

「家でひとりでいて、自分から勉強なんて俺絶対やんねーわ。なら学校行った方がまし」

「そうかな」

「こいつ、意志強いから」

と航輝が思ってもみないことを言う。

「強いっつーか固いっつーか、そんな感じ」

ありえない、と思った。そんな評価を受ける覚えが全然ないし、自分が航輝に対して感じていることだ。何だってそんなイメージを抱いたのか甚《はなは》だ疑問だが、第三者のいる前では訊きにくかった。

「ふーん。じゃあ何かこう、決意表明的なものがあって学校来てなかったの？」

と羽山が尋ねる。

「何だよ、決意表明って」

「担任が嫌い！　とか」

「それじゃただのわがままだよ」

「たとえばの話」

「別にそういうことはなくて……」

四角いローテーブルの向かいに座る航輝の視線を、痛いほど感じる。どう答えるのか注視されている、そんな気がした。

「……何となく。朝弱いし……」

「何だそりゃ！」

羽山は笑って「でも確かに寝坊すると行く気なくなるよなー」と頷いた。

「でも朝弱くてもきっちり自宅学習はすんの？　それもふしぎだな……」

「えーと」

「羽山、志望校どうする？」

たぶん、助け舟のつもりだったんだと思う。航輝が話題を変える。

「期末後に、進路面談あるじゃん」

「んー……行けて創志大？　こっから通うと遠いけど」

「ひとり暮らしすれば？」

「下がいんのにそんな金ねーわ。鬼バイトで遊ぶひまなくなる。航輝は？」

「俺も創志かな、この感じだと。久住は──」

「お前らの参考にはならないよ、たぶん」

「ですよねー……早瀬は？」

シャープペンシルの消しゴム部分が鼻先に突きつけられる。

「ま、まだ決めてない」

何度か配られた進路調査票も「未定」で出してきたが、さすがに期末後の進路面談では何かしら具体的な方向を提示しないと駄目だろう。

「んじゃ、お前も創志にしとけば？　高すぎず低すぎず、お手頃な感じじゃね？」

「え」

内心ではちょっと思っていた。俺も同じところがいいな、と。でもあからさまに後追いなんて恥ずかしいような気がして迷っていたのに、どうして航輝はいつもこうさっくり言ってくれるのだろうか。

「夏休み、オープンキャンパスもあるしさ、行こうぜ」

そうそう、と羽山も普通に勧めてくれたので「うん」と言えた。大学生活なんて想像もできないけど、航輝たちがいたら楽しいような気がするし、もし、学部も航輝と同じだったら、仕事で講義に出られない時も、ノートのフォローぐらいできるかもしれない。まだ合格してもないのに、そんな想像にわくわくした。自分の将来を思って明るい気持ちになるなんて、初めてかもしれない。


試験の日程はつつがなく進行し、最終日の前日、航輝《こうき》は「きょうは勉強会パス」と言ってきた。

「なに、仕事か？」

「いや、家族でめし食う日だから」

「余裕だなー」

「だってしょうがねーだろ。妹に合わせなきゃいけないんだから」

「ああ、そっか。早瀬《はやせ》、俺と久住《くずみ》だけで行ってもいい？」

「うん」

ちょっと緊張するけど。

「あ、てゆーか早瀬は食事会連れてってもらえば？」

羽山《はやま》がけろりと提案するのに、目を剝《む》いた。

「何で⁉」

「何でってお前、ファンなんだろ？　ずーっと家提供してくれたし、それぐらいのお礼してもらってもバチ当たんないんじゃね？　ちょっと顔だけ出してサインもらうとか」

「航輝がそうしてやりたくても事務所的にアウトなんじゃないのか」

と久住が冷静に言う。

「コネでえこひいきは」

「黙ってりゃばれないだろー。早瀬だってぺらぺらしゃべる性格じゃないじゃん。いや俺まじで、早瀬を応援してやりたいんだけど」

「お、応援って。俺は別に……」

「そう、そういうんじゃないんだろ。お前んち通って、あのポスター見てたら航輝が平然としてんの分かってきたわ。何つーか、ぶっちゃけ抜いてないよね？　ほたるんで」

「お前、何言ってんだ」

いつぞや似たような発言をしたはずの航輝が顔をしかめる。

「え、だってそうじゃね？　俺外した？」

と訊《き》かれても答えようがないわけで。

「え、えっと、そういう話は」

強引に遮って、航輝が「いいけど別に」と言う。

「めし食いに来ても」

「え⁉」

「いっぺんぐらい顔合わせてもいいんじゃね？」

急に何を言い出すのだろう、今までコンサートも握手会も行っていないのを承知のはずなのに。そもそも家族の集まりにどんな顔でのこのこお邪魔しろというのか。

「いい！　行けないから！」

思いっきり首を横に振ると「あ、そ」とそれ以上は誘われなかった。ただの冗談だったのだろうか。心臓に悪い。

その日の午後は初めて航輝抜きで、三人で集まった。

「早瀬、ひょっとして俺らに気ぃ遣ってた？」

「え」

「ほんとは航輝の方行きたかったのに、遠慮したんじゃないのかなって」

「違うよ、俺基本在宅だし」

「在宅って?」

「家で応援するファンってこと」

「会いたくならないのか?」

珍しく久住が私語を咎《とが》めない。

「うーん……ない、かな。テレビとかで満足してる」

「まあ、会って幻滅する結果になるかもしれないしな」

そういう懸念とはたぶん違うが、うまく言葉にする自信がなかった。

「でも意外だな。あいつが家族で食事会とかしてるの」

ぼそっとした独り言に「何で?」と羽山が反応した。

「仲悪かったっけ?」

「いや、悪いっていうか……羽山、感じなかったか?」

「何を?」

「航輝の妹って、あんま航輝のこと好きじゃなかった印象がある」

どきり、というか、ひやりとさせられた。それが本当なら聞いてはいけない情報のような

──でも写メを送ってもらったりしていたし。

「えー？」

と羽山も疑義を呈した。

「小学生ぐらいまでって普通に仲悪いだろ？　男と女だしさ。俺、あの子の思い出自体そんなにないからあれだけど……男子と女子が学級会でいがみ合ってたようなもんじゃね。今は普通なんだろ」

「かもな」

久住があっさり引き下がったから、そのまま何も訊けなかった。ほたるが、兄を好きじゃなかった？　ひとりっ子の侑史にはきょうだいという存在の実感すら抱《いだ》けないから、それを好きだとか好きじゃないとかはさっぱり共感できない。仮に久住の推測が正しいとして、何で嫌うんだろう。だって芹沢《せりざわ》はちょっと強引だけど、優しいし、男気があるし、しっかりしてて──。

「勉強、しよう」

侑史《ゆうし》が突然きっぱりと宣言したので、ふたりは面食らって顔を見合わせる。思考に、慌てて鍵《かぎ》をかけた。芹沢みたいなお兄ちゃんがいて嫌うなんて、ほたるんはぜいたくだ。そんなふうに思いかけてしまったから。一ミリでもほたるを否定するなんて、あってはならない事態だ。かわいくてきれいな、侑史の光。

夕食時になり、コンビニで買い出しをして戻ると羽山は「休憩しよーぜ」とかばんからDVDを取り出した。

「お前、人んちでAV観ようとするなよ」

「違いますぅー。あれあれ、『浪人虎の穴』の最終回」

一度だけちらっと見た、航輝が出ているドラマだ。悪いような気がして敢《あ》えてチェックせずにいた。「仕事」だと分かっていても、覗《のぞ》き見をしている後ろめたさがあるというか。

「久住、見逃したって言ってただろ？　早瀬観てた？　これ」

「ううん」

「何で今観ようとするんだよ」

「航輝いねーから。いたら怒られるもん。早瀬、デッキ借りてい？」

「う、うん……」

どうしよう、そわそわする。でも持ってきてくれた羽山に感謝したい気持ちもあって――要は観たかったのだ、侑史も。我慢していただけで。クラスメートの航輝じゃなくて、俳優としての「芹沢航輝」の貌《かお》を。

DVDを再生する。二分程度しか予備知識がないから当然ストーリーは全然つながらない。

羽山と久住は「この女まじ性格わりーな」とか「この講師の奥さんどうなったんだっけ」とか言い合っていた。クライマックス近くで、航輝演じる「将蔵《しょうぞう》」と「美咲《みさき》さん」という女の子のシーンになった。夜の公園で、ふたりきりだ。遊具を指して「美咲さん」が言う。

――ねえ、これさあ、ゾウ、パンダ、キリンときて何でタコがあるんだろうね。おかしくない？

――おかしいすか。

――おかしいよ。

――ありえないすか。

――ありえない。

そこで「将蔵」の声音《こわね》ががらっと変わる。

――俺とつき合うのと、どっちがありえないすか？

――えっ？

笑顔のまま戸惑う「美咲さん」の手を取って、あれよあれよという間にキスをした――航輝が。いや違う「将蔵」が。

「うわーお」

羽山が雄たけびとも歓声ともつかない声を上げて床に引っくり返った。

「やりよったー！」

「うるさい、羽山」

「えーだってさだってさ、キスシーンだよ？」

「小学生かお前は」

「いやいや、カメラ回ってて、何十人って見てる前でチューして、尚《なお》かつそれが全国ネットで流れるってどうなん？　すげくね？　芸能人ってすげくね？」

「何を今さら……」

ため息をついてから久住がふと「ほんとにしてるのか？」と言った。

「してるだろ、アングル的に」

どっちかの後頭部がアップになって、という画ではなかった。ちゃんと唇同士が映っていた。

「ぎりぎり触れてないとか、あとサランラップするとか聞いたことあるから」

「膜一枚挟んだってチューはチューだろ。ゴムつけたからセックスじゃないってぐらい無理あるわー」

「というか女優の側から要求されてたら単純にショックだな」

「言われてたらウケるな。よし検証しようぜ」

巻き戻して、スロー再生。ゆっくりと相手に近づいていく航輝の唇。こんなかたちしてたっけ。うすく開かれた狭間《はざま》から洩《も》れる、熱い息を想像する。女の、グロスでつやめくそれと重なり合う瞬間、侑史は「トイレ」と立ち上がった。

「行ってくる……」

「お、じゃあ停めとくか」

「いい、ふたりで観てて。どうせ俺、あらすじ分かんないし……」

逃げるように、行きたくもないトイレに行き、洗面所で自分の顔が真っ赤なのに気づいてがく然とした。しかも自覚するとますます血が上っていく。何これ。焦ってつめたい水でばしゃばしゃ洗ったが、却って皮膚の下の火照《ほて》りを意識するだけだった。

仕事だ。必要に応じてキスシーンぐらいあるだろう。航輝が高校を卒業し、大人《おとな》になったらそれ以上の演技だってするのかもしれない。頰《ほお》を伝った水滴が唇に垂れてくると、背筋がびくっとした。タオルでごしごし拭《ぬぐ》う。今度はひりひりした。「美咲さん」はきれいな人だった。女優なのである程度当然かもしれないが、作中でも「きれいどころ」の役だったように思う。

ラップは、したのかな。もし生でしてたら、芹沢は「ラッキー」とか思ったかな。OKが出なくて何度も撮り直したりとか、したのかな。照れ笑いしながら「すいません」と謝る航輝が、容易に想像できた。

ほたるんが連ドラでキスシーンを演じた時、侑史は何とも思わなかった。彼女の伏せたまつげまでつやつやと美しいことに驚嘆したぐらいだ。ネットには「死にたい」系の書き込みも溢《あふ》れていたが、それも「熱烈なオタの自分」という表現に過ぎないと思う。でも今の、この感じは何だろう。知っている人間のキスシーンなんか見て、言うなれば真夜中、親の営みに遭遇したような気まずさを覚えているだけなのか。

いや、気まずいとかじゃなくて。鏡の中の自分と向き合う。見たって楽しくないから、普段こんなふうに対峙《たいじ》することはないので新鮮だった。間違っても芸能人にはならないだろう目鼻立ちだ。無理やり分類すると「かわいい系」らしい。一年の時、クラスの女子にそう言われた。「かっこいい」「かわいい」「ワイルド」「クール」に大別すると、早瀬くんは八十%ぐらいの成分が「かわいい」だと。馬鹿にされている気がしてしゅんとうなだれていると八《や》木《ぎ》が「お前らそういうこと言うなよ」と割って入ってくれた。

——何でよ、別にけなしてないでしょ。男子だってこないだ「つき合いたいランキング」してたじゃん！

——でも早瀬は参加してなかっただろ。早瀬はそんなことしないから。

な？　と笑いかける顔の、とても優しかったことや、午後の教室で、雲の加減か、八木の周りだけにぽっかり陽《ひ》だまりができて机の木目が明るく光って見えたのを、まだ鮮明に覚えている自分にびっくりした。鏡に飛んだ水滴が、ちょうど目のあたりからつつっとすじを描いて、侑史はそれを指先で雑に拭った。指紋のこすれた跡が汚かった。

翌日はテストが終わるとダッシュで家に帰ってしまい、航輝とはほとんど話さなかった。へんに思われたかな、と気にかかりはするのだけれど、まともに向き合う方がぼろを出しそうだ。

案の定、夜になって電話があった。

『お前きょう、なんですぐ出てっちゃったんだよ』

「あ……ちょっと、お腹《なか》痛くて」

『まじで？　大丈夫？　切るわ』

「あ、あ、今は治ったから」

会う自信はないのに、声を聞けるのは嬉《うれ》しいのだった。そんなに寂《さび》しかったのかな、と思う。家にこもっていた一年間が。だから差し伸べられた手にみっともなくすがってしまうのか。

——でも、前みたいになったら？

不安はすっと、金属のカードみたいに差し込まれる。うすくて硬くて、つめたい。自分では引き抜けないから「違う」と無視するほかない。八木と芹沢は、違うから。

『あのさ、俺、終業式出らんないから言っときたくて。海の日にな、テレビつけててほしいんだけど』

「何で？　何か出るとか？」

　ほたるの出演情報をわざわざ伝えてくるとは思いにくいから、航輝の露出があるのだろう。でも、わざわざ言ってくるなんてらしくないような気はした。

『まあ、出るんだけど、見てのお楽しみってことで。七時五十九分な、夜の。チャンネルは地上波の民放ならどこでもいいや。分かった？』

「うん」

『念のため後でメールするけど。ところでお前、夏期講習とか行くの？』

「学校のに行こうかなって……タダだし、羽山くんもそうするって言ってたし」

　言えば予備校代ぐらい出してくれると思うが難関校狙《ねら》いでもなく、一年さぼり倒して今さら、という遠慮があった。勝手の分からない予備校より学校の方が気楽だし。

「芹沢は？」

『や、何か、事務所がカテキョつけてくれるって』

「え、すごいね」

『めちゃめちゃプレッシャーだよ。言っても普通の大学生紹介してくれるってことなんだけど、お金はうちから出すとか言われたら逆に怖いわ。お袋なんか、あんた絶対浪人なんてしちゃ駄目よって今からキリキリしてる』

「大事にされてるんだね」

『どーだろ。ちょろちょろ遊ばないように監視の意味もあるんじゃね？』

「……じゃあ、男の人なのかな」

『そりゃそうだろー』

答えてから航輝は「お前、出会いを求めてんの？」と冗談めかして尋《たず》ねた。

「ちっ、違うよ。何となく……芹沢は、女の人の方がよかったのかなって」

『そらいいけどさ。勉強するんだから却《かえ》って邪魔だろ、エロ漫画の先生みたいなの来られたら』

「そ、そうだよね」

『んじゃとりあえず、海の日な！　アラームかけとけよ——あ、すみません。今行きます』

侑史じゃない誰かに返事をして、航輝は電話を切った。

仕事してるんだ。すごいな、テストがやっと終わったばっかりなのに、もう切り換えなくちゃいけないなんて。家庭教師の件といい、ひょっとすると今、タレントとして昇り調子なのかもしれない。それはめでたい話だ。本人は一言も口にしないが、オーディションの悔しさを忘れられるだろうし。撮影してからメディアに流れるまでにはブランクがあるものだから、秋とか冬には航輝はうんと有名になって、本人がいやがったって周りに人は増えて、そうなったらもう、臆病《おくびょう》な自分は近寄ることもできないだろう。通話の最後、航輝の声はがらりと変わっていた。あれがたぶん、仕事の時の航輝なのだ。敬語も実に使い慣れた感じで、五歳ぐらい大人びて聞こえた。
どんな人に向かって言ってたんだろう。メイクとか、衣装とか、ADとか……男？　女？　心の中がもやもやっと、綿菓子の機械みたいだった。くもの巣の切れ端に似た白いものがへばりつきながら回転する。芯《しん》になる棒を入れてくるくる巻きつければ何かしらのかたちを取るのかもしれないが、そのもやもやはただ、侑史の中をぐるぐる回り続けた。

それから海の日の当日まで、思い出しては航輝の情報をネットで検索してみたが、特にこれという話題は見つからなかった。検索バーに芹沢航輝と打ち込むたび、これも覗き見みたいだと気が引けた。久保田《くぼた》ほたると入れるとそれはもう更に、すごい結果になる。侑史は彼女を推している人間の発信するものしか見ないので、自分がある意味箱入りなんだと思い知らされた。一学期、教室で聞いたような悪口とは比べ物にならない雑言《ぞうごん》も、目に留まってしまう。反作用とでもいうのか、熱烈な信奉と同じ強さの拒絶にさらされるのはアイドルという職業の宿命かもしれない。負の関心でも名前も顔も知られない存在よりはよっぽどまし、と割り切って。

侑史は、ほたるを気の毒に思ったことがない。彼女は自分なんかに同情されるような人間ではないし、心ない批判を浴びてもすこしも色褪《いろあ》せないから、傷ついてるかも、なんて想像する方がほたるんへの侮辱だとさえ感じる。だってあんなに、生身の自分を殺してアイドルをやっているのだから。

でも、もし航輝がもっと売れて、こんなふうにあることないこと、無責任に書き散らされるのを見たらきっとものすごくいやだ。何でこんなこと言うんだろう、と良心を疑い、憎しみさえ覚えるかもしれないし、それが本人の目に触れるかもしれないならパソコンも携帯も持たないでほしい。何なんだろう。

『もうすぐ、新しいお仕事解禁です！』

ほたるのブログを、どこか上の空で眺める。

航輝のいない終業式を終え、梅雨《つゆ》明け宣言も間近な海の日、言われた時間にテレビの前で待機した。民放ならどこでもいい、と言われたので、目をつむってリモコンのボタンを押し、ついたチャンネルに合わせる。あと二十秒。五十九分っていう中途半端な時間はやっぱりCMかな。映画の出演とか？　全チャンネルで、センセーショナルに。

洗剤のCMが終わった。

「あ」

夕焼け空から校舎、グラウンド。キャッチボールをしている制服の男女。航輝と——ほたるだ。航輝が放った球を、ほたるがキャッチする。そして投げ返すものの球はへろへろで、何度も地面にバウンドする。

——へたくそ。

航輝が笑う。

——えー。

ほたるが唇を尖《とが》らせる。

——ほら、投げてみろ。

航輝は携帯を取り出し、ほたるの投球フォームを撮影する。そしてそれを、プロ野球のピッチャーの映像と二画面で比較してみせた。

——ほら、全然違うだろ?

——先輩、これ誰ですか?

——え? お前知らねーの?

もうすこし濃くなった夕暮れ空を、ふたりが歩いて帰っていく。夜、ほたるはベッドの上で「プロ野球選手名鑑」を胸の上に載せて「覚えました」と絵文字つきのメールを打つ。

——恋する夏を、応援します。アオナツキャンペーンキャッチコピーが出て、次のＣＭ。またふたりが出てきた。デパートの水着売り場に無理やり航輝を引っ張っていこうとするほたる。

――先輩、おーねーがーい！

――やだよ！

非常階段で座って待つ航輝に、色んな水着を試すほたるから何枚もの写真が送られてくる。

『どれがいいですか？』

『どれでも一緒』

とそっけなく返信して、辺りをはばかってから写真の胸元を拡大しようとするものの、良心が咎めたのか、やめてしまう。またさっきと同じ、キャンペーンのコピー。バックにはずっと、ほたるの歌声が流れていた。そして八時になり、クイズ番組のオープニングに切り換わる。侑史は携帯で、さっきのＣＭのキャリアの公式ツイッターを探した。

『九月一日まで、アオナツキャンペーンを展開！　新規加入の学生さんたちに様々な特典があります』

『先ほどのＣＭはご覧頂けましたか？　十九時五十九分から一分間、民放全局でキャンペーンＣＭを放送！』

『久保田ほたるさんと芹沢航輝くんが初々《ういうい》しい高校生を演じています！　十五秒バージョン、三十秒バージョンで合わせて十六パターン！　主題歌はベビーブロッサムの「この夏が終わ

りませんように」です。詳しくは公式サイトを！』

ハッシュタグを参照するとすでにものすごい反響があった。かわいい、あの男の子は誰ですか？　花火バージョン見ました！　それはもうどんどんと、胞子が弾《はじ》けたように増えていく。リアルタイム、というものの、何やら名状し難いおそろしさ。自分のＴＬを覗いてもＣＭの話で持ちきりだった。さっそく動画サイトに誰かが投稿している。侑史も一応録画していたので、もう一度見返した。兄妹だと知っているせいか、キスシーンの時ほどの動揺はない。二度、三度と短いドラマを繰り返す。

公式サイトによると、海辺の田舎町《いなかまち》に暮らす高校二年と三年の設定らしい。互いの家族構成や住んでいる家、プロフィールまでみっちりと設定されていて、数十秒、期間限定のＣＭにここまで凝るんだなあと驚いた。その代わり名前はなく、「先輩」と「私」。これは感情移入を誘うためだろうか。

芹沢、やっぱり上手《うま》い、と改めて思う。優しいけどすこしぶっきらぼうで、女の子に軽い意地悪をしてしまう子どもっぽさがある。まっすぐな「私」の好意を持て余す部分もありつつ惹《ひ》かれている。会話のやり取りから目線の使い方から仕草から、そんな架空の少年の姿が立ち現れてくる。リアルなのに生々しくない。

ほたるは、いつものほたるんだった。かわいくて一生懸命だけど、言ってしまえば「大根」のアイドル演技。別にそれは彼女への否定じゃない。アイドルはアイドルの演技をすればいいい。かわいくきらきらしてくれていればそれで満点だ。ただ、航輝と絡むことによって一本調子な台詞《せりふ》や複雑なひだのない笑顔がやけに目立つ。でもそんなことを誰も書き込んでいなくて、ただセーラー服のほたるんへの賛美ばかりが並んでいたので、侑史は自分がどうかしてるんだと思った。航輝の人となりを知って、努力や熱意を知ったからそんなふうにひいき目で見てしまうんだ、と。

翌朝、ワイドショーの芸能コーナーではさっそくＣＭについて大々的に取り上げられていた。

『久保田ほたるさんと共演した芹沢航輝くん、実はほたるさんのお兄さんなんだそうです。現在は千葉県の高校に通っているんだとか』

『へえ、美男美女の兄妹だね』

『初の兄妹共演、しかも青い夏の恋がテーマということですが、現場では互いに照れずに演じ切っていたそうです！　ほたるんのファンも、相手がお兄ちゃんなら安心ですよねー』

なるほど、このタイミングでふたりの関係も「解禁」なのか。効果的なのは間違いない。高校卒業を控えて、事務所が本腰を入れたのかもしれない。これが芹沢の納得いくプロモーションでありますように、とそれだけを願う。妹の人気と知名度に便乗するかたちになるのは、本人の性格的に不本意かもしれないから。携帯を所在なくもてあそんだが「見たよ」のメールひとつ、送れなかった。


八月頭のオープンキャンパスの日、羽山と待ち合わせた時もまずＣＭの話題が出た。

「見た？」

「うん」

電車に揺られながら羽山は「すげーよな、ゴールデンのＣＭ効果って」と言う。

「検索ワードランキングに友達の名前出てるとか、ありえないわー」

「でも羽山くんたちは、ほたるんとも面識あったんだよね」

「んー、小学校までしか知らねーもん。航輝の妹ってだけだし……何度かは遊んだかな？　って程度。でも航輝、割と遊びにおいて女子を排除すんだよ。球技大会ん時みたいにさ。女はすっこんでろみたいな。けがでもさせたら俺が母ちゃんに怒られるって。まあそりゃそうなんだけど、ひょっとしたら久住が『仲悪い』って言ったのはそのあたりを指してんのかもな」

「ふうん……」

座席の向かい側、きっちりと下ろされたブラインドの細い隙間《すきま》から、それこそＣＭに使われそうな入道雲が覗いている。

「羽山くんは、どんな感じ？　昔からの友達が有名人になってくのって」

「あー俺、こいつの結婚式の、二次会に呼ばれても披露宴には呼ばれねえんかなー……て感じ？」

「何それ」

「披露宴は、芸能人とか映画監督とか業界関係で埋まって、プライベートは二次会。あいつがそうしたくなくてもなる、みたいな」

「寂しいって意味？」

「うーん……今まではさあ、ネタで言えたわけ。誰々のサインもらってきてよー、とか。でもこれからはひょっとしたらシャレじゃなくなんのかなって思う。ガチでもらえちゃうみたいな。でも航輝は気にされたらいやだろうから普通にしなきゃって思って、でも友達なのに普通とか考えるのも何かなあって。久住はクールだから『なるようにしかならない』って言うんだよ。どうせ大学入ったら芸能人じゃなくても自然に疎遠になってたかもしれないって。でもあいつだって色々考えてはいると思う」

「そっか……」

長いつき合いでも、いや長いつき合いだからこそ、環境の激変に周囲まで戸惑ってしまう。顔と名前がたくさんの人に知られるって、本当に、本当に大変なことだと思った。

「そーゆーお前は？」

「え？」

「彼氏未満な雰囲気だったけど、ほたるんといちゃいちゃしてるわけだろ。兄妹とはいえオタクとして嫉妬《しっと》しねーの？　あいつ、ネットで殺害予告とかされてない？」

「されてない……と思う」

まじ代わって、人生不公平すぎる、という書き込みならいくつも見た。

「そっか。割と本気で心配してたから」

車内の中吊《なかづ》り広告ではほたるがほほ笑んでいる。化粧品会社のポスターだ。喉《のど》を反らしてそれを見上げると、羽山は「俺、初めてあの子のこと、素でかわいいって思っちゃったよ」とつぶやいた。

「CMさ……俺が見たの、花火のやつだったのね。張り切って浴衣《ゆかた》着るんだけど、お互い空回っちゃって、航輝がうまく褒めてあげらんねーの。ああ、両方の気持ち分かるわーって思った。そんで、別々に家に帰ったら『先輩、東京行くってホントですか？』ってメールが届いて、それを航輝がじーって見てて、うわ、せつな、ってちょっとほろっときちゃったもん。ほたるんがかわいく見えたのは、『かわいく思ってる』役になりきってるあいつの気持ちが伝わったからだと思う。だから、演技のこととか分からんけど、ああ、航輝はまじで俳優なんだなって実感した。顔がいいから事務所入って、何となくドラマに出てたりしたんじゃないって」

「……うん」

羽山も、侑史とすこし似た感想を抱いていた。だからきっと大勢が思っているに違いない。芹沢航輝ってすごいな、と。

初めて見に行った大学は、とにかく広いな、というのが第一印象だった。大教室も校舎もグラウンドも複数あり、食堂も至るところに。ああこれなら、ひとりで隅っこにいたって浮かなそうだ、と安堵《あんど》した。見学と簡単なオリエンテーションが終わると羽山に「どうだった?」と訊かれる。

「うーん……ここ! とは思わなかったけど、ここじゃ駄目、とも思わなかったかな……」

「あ、俺もそんな感じ。ところでお前、航輝と会う予定ある?」

首を横に振ると、「じゃあ俺が家に届けるわ」とパンフレットの入った袋をぶらぶらさせた。ちゃんと一部、余分にもらっていたらしい。ちっとも思い至らなかった自分をこっそり恥じた。

「あ、ついでにこのへんももらっとけば」

駅までの道にある不動産屋の賃貸情報を次々抜き取って侑史に手渡す。

「相場とか知っといた方がいいだろ。どうせ春先には値上がりしてんだろうけどさ」

「あ、うん……ありがとう」

びっしりと間取りや金額が並ぶチラシを眺めても、まだ他人事《ひとごと》みたいだ。志望校を報告したら両親はあっさり「家から通うのは遠いのね」と言ってくれた。でも、二時間足らずの場所とはいえ実家を離れてひとりで暮らすなんて、途方もなく大それた背伸びに思えてならない。

朝待ち合わせた場所で羽山と別れ、家に帰ると門の前に航輝が立っていた。

「おう、お帰り」

「……ただいま」

びっくりした。いることにびっくりしたし、初めて見る私服だったのでそれにもびっくりしたし、顔を見た瞬間、心臓がスーパーボールみたいに跳ねたことにも。

「どうだったよ、オープンキャンパス」

「うん……まあまあ……?」

「何だ、まあまあって」

航輝の顔で笑った。「先輩」じゃなかった。それにひどくほっとする。

「パンフとか、羽山くんが持ってるよ。今行けばちょうど家にいると思う」

「え、今すぐあっち行けってこと？」

「そ、そういうわけじゃ」

「じゃー入れてくれよ」

すこしばかりふてた口調で要求された。

「あちい」

「うん、入って」

慌てて中に招き入れる。

「いつから待ってたの？」

「三十分ぐらい」

「え、ばれなかった？　そのへんの人に」

「全然」

「陽焼《ひや》けしたら事務所の人に怒られない？」

「何でお前がそんな心配すんだ」

エアコンを稼働させていない屋内は外よりむしろ蒸し暑く、後から後から流れてくる汗を航輝はTシャツの肩に吸わせる。

「……来る前にメールしてくれればよかったのに」

「いや、急に時間空いたからさ。つか、お前からも全然連絡なかったし」

後半、軽く見せかけてはいたが、割と真剣な気がした。

「……忙しいかと思って」

「メール見て返信打つぐらい二分でできるし」

言い訳をかぎ取ったのかすこし語調がするどくなり、しかしすぐに「まーいいけど」と流されてしまった。この子どもみたいな振れ幅は素なのかどうか。

「先に部屋、入ってて。お茶か何か持っていくから」

「クーラーつけてていい？」

「うん」

「やりー」

すねたり何でもないふうに振る舞ったり、すぐ喜んでみせたり。基本的にはものすごく素直なんだと思う。こんな性格で、ちゃんと役の仮面を付けて演技の世界に入るのはふしぎで仕方がない。それとも、普段から喜怒哀楽を旺盛に体験しているから、表現の引き出しから多彩に取り出せるのだろうか。

麦茶を持って部屋に入ると、航輝は不動産のチラシを勝手に漁っていた。

「俺、間取り見んの好き。家具置くシミュレーションしたりさ。あ、これよくね？」

「どれ？」

「これ。納戸がでかいから、いきなり人呼んでもここに服とか突っ込んどきゃ掃除できるだろ？」

「それはどうなのかな……」

「あーでも、風呂トイレ一緒かー。落ち着かないんだよな」

「じゃあこっちは？」

「洗濯機置き場がベランダじゃん。洗濯機すぐ劣化する」

「そっか……」

ふと浮かんだ疑問を口にしてみる。

「事務所の方でマンションとか用意してくれるんじゃないの？」

「してくれそうだったけど、初めて暮らす部屋って自分で決めたいじゃん。セキュリティのしっかりしたとこに住んでくれよ、とは言われたけど」

「そっか……」

「商品」としてはわがままなのかもしれない、でも航輝が自分の主張をちゃんと通しているらしいのが嬉しかった。

「それに俺、羽山と住むかもしんねーから」

「え？　そうなの？」

「家賃も生活費も折半すれば安く上がるだろ。マネージャーも、男友達と同居の方が何もなさそうで安心つってるし」

「でも久住くんは？」

「あいつの行く大学、全然方向違うじゃねーか。それに久住は、ひとりの時間ないとストレス溜《た》まるんだって」

そういうものか。ほんとにさっぱりしてるな、と感心していると予想外の台詞が飛んでくる。

「お前も一緒に住んじゃう？」

「え？」

「三人だともっと得じゃん。でも3LDKとかってあのへんだと難しいかな？」

「いや、そんな」

「お前の親だっていきなりひとり暮らしよか安心すんじゃね」

「かもしれないけど……」

頭がついてこない。だってこの春まではぼっちの半引きこもりだったのに、次の春にはルームシェアして大学生になっている（合格していれば）なんて。

「どう？」

「え——……」

夏のせいとはまた違う汗が手のひらを湿らせる。

「急に言われても、よく分かんない」

「そか。そうだよな」

とすんなり航輝は引き下がり、「お前、成長したじゃん」と麦茶の氷をからから鳴らす。

「前ならだんまりのままだったと思うけど、ちゃんと言葉にした」

「ああ……」

何だそんなこと、と思いかけたが、確かに、侑史にしては上出来かもしれない。航輝は時々無茶を言うけど基本的な筋道は通っているし、意に沿わない答えをしたからってそれで侑史を全否定するわけでもない。安心するんだ、たぶん。でも久々にふたりきりで、顔を見るとむしょうにそわそわするのも事実。

「で、きょう俺が何しにきたかって言うと」

「うん」

「何だと思う？」

「全然分かんない」

「おめー、ちっとは考えろや」

きゅっと鼻をつままれて「ふが」と間抜けな声が洩れる。

「だ、だってほんとに見当もつかないから……」

「これやんねーぞ」

と航輝がメッセンジャーバッグから取り出したのはケースに入ったDVDだった。セーラー服のほたるが海辺の堤防を裸足《はだし》で疾走しているジャケットには「アオナツ！」と白抜きの、マジックで書き殴ったようなタイトルが入っている。

「こ、これ……」

「キャンペーン特典のDVD。CM全部と、インタビューと、あと新曲のMV入ってんの。加入しないともらえないやつだから」

確かにジャケットにはちいさく「非売品」と書いてあった。

「今、ネットオークションに出したら結構いい値段になるらしーぜ。まあ興味ないやつはとことんいらねーよな、そんなの」

「貸してくれるの？」

「いや、やるよ。別に俺もいらねー。つか家にまだあるし」

「でも、そんな……」

友人の羽山が、芸能界の恩恵にまかり間違ってあずかることのないようにと、あれほど気にしていたのに、自分なんかがこんなラッキーに……今さらか。

「CM見た？」

「うん」

「全部？」

「まだチェックできてない」

「何だ、もうとっくに自前で編集済みかと思ってた」

「ランダムだからなかなかコンプできなくて。昼間講習受けてて、課題多いから夜も割と余裕ないし」

「理由はそれだけ？」

「えっ？」

ふと、航輝の瞳《ひとみ》が意味深にかげりを帯びたように見えて、一気に喉が渇くのを感じた。グラスはとうに空だ。

「……どういう意味？」

「俺、早瀬がショック受けてんのかもって思ってたから」

「ショックって……すごくびっくりしたけど」

「ほら、別にお前がほたるんにまじ恋愛じゃないのは知ってるけど、いざああいう役柄でテレビ出るといい気分はしないかもって。CM見たって連絡もないし」

それで航輝からもメールしにくかったのか。ならきょうも、本人的には思いきって来てくれたのかもしれない。

「ごめん」

と侑史はうなだれた。

「不愉快とかは全然なくて……あの、うまく言えないんだけど芹沢がすごくて、いいＣＭで、ほんとに芸能人だーって思ったら、軽々しくメールとかできない気がしたから」

「何だそりゃ、アホか」

と航輝はばっさり言った。

「そんなことで勝手に壁作られたらすげーやなんだけど」

分かる、その気持ちはもっともだ。でも航輝には、侑史や羽山の側の気持ちは分かりっこないのだろう。それが寂しいような悔しいような心境で、侑史は珍しく反論した。

「だって、ツイッターも大騒ぎだったし、テレビの芸能コーナーでもばんばん流れてた」

「そんなの一瞬だって。今だって『ほたるんの兄』でちょっと注目されてるだけなのに」

何で当の本人がそんなにのんきなのかとちょっと呆《あき》れたが、航輝は理由が分かって満足したのか「そういえばさ」とあっさり方向転換した。

「枝野《えだの》からメールがきたんだよな」

「……誰？」

「お前、いい加減クラスの人間の名前ぐらい覚えろ。あれだ、ほら、五月頃ほたるんの悪口言ってたやつだよ」

「ああ」

何だか遠い昔のようだ。あったな、そんなことも。今思い出してもそんなに胃がきりきりしない。

「妹って知らなくてひどいこと言っちゃってごめんね、だって。別に俺と関係なく、誰だって誰かのきょうだいだったり、誰かの子どもだったりするんだけどなー。でも人に謝んのって勇気要《い》るからな。水に流すことにした」

「そう……」

「何だよ、不満？　文句言った方がよかった？」

「や、そんな、ていうか俺が何か言う筋合いじゃないから」

ちょっと意地悪な考えが浮かんだだけだ。航輝があんなふうにCMに出たりしてなくて、その上で血縁関係を知っても果たして彼女は謝っただろうか、と。でも航輝は気にしていないようだし、それこそ侑史が文句をつける問題じゃない。

「芹沢、ありがとう」

ＤＶＤを受け取って侑史はぺこりと頭を下げた。

「やー、別に一円も損してねーからな、俺」

和《なご》やかなムードのまま、そこで会話が止まってしまった。あれ。今まで何話してたっけ。ああそうだ、ベビブロのＤＶＤとか見せてたり——でもあれはいつも通りにしててくれって言われたからで、今「じゃあ」ってセットするのはおかしい。どうしよう。学校に行くようになっても話題の幅がまったく広がっていない自分はつくづくつまらない。羽山か久住でも

いれば普通の空気になるのに。

てしまった。

「あー……麦茶、もう一杯飲む？」

一旦この場を離れて、ちょっと冷静に作戦を練ろうと試みたが「いらない」と一蹴《いっしゅう》され
「ひまなら観る？　それ」

航輝が持ってきたＤＶＤを指差した。

「俺も実はまだ観てねーんだわ」

「あ、うん」

結局前みたいな進歩のない展開。でも本人の希望でもあるし、と内心で言い訳しながらＤＶＤをセットする。商用利用複製厳禁、というお決まりの注意事項が表示されてから映像が流れる。最初はＣＭ集らしい。侑史が見たバージョン、羽山が見た花火のバージョン。テレビ電話で話すシーンもあった。

――先輩、私あした試合なんです。

――お前、何部だっけ？

――そこからですか⁉

――うそうそ、マクロスだろ？

――ラクロス！

——ああ、そうそう、頑張れよ。

——先輩、勇気の出るお守り下さい！

——何だよ。

んー、と「先輩」の手元で、液晶に映る「私」がぎゅっと目を閉じ、唇をつき出して迫ってくる。

——バーカ！

あっさり電話を切られて、ベッドの上でやさぐれていると「先輩」からメールが届き、「お守り」という件名にぱあっと顔を輝かせた。

キスマークの絵文字と、猫の鼻先がアップになった写真。

——ちーがーうー！


これ、と侑史はつぶやいた。

「音楽乗ってないんだ……」

「うん、この後フルでMV入ってるし」

「そっか」

「不満かよ」

「じゃなくて」

BGMがないと、ますます作られたストーリーには思えなくて、演技の臨場感が際立って見えた。

羽山は「先輩」に感情移入したからほたるがかわいく思えた、と言った。

ならば今、侑史は「私」の方に入ってしまったのだろうか。

だからこんなに、航輝といるのが苦しい。どきどき、鼓動は早いのに全然血が行きわたっている気がしなくて力が入らない。

画面の中、ショートパンツから伸びるまっすぐな細い脚より、航輝の、メールを送る親指がきれいだと思う。風になびく黒髪より、航輝の瞳の中でちらちらする街灯のつややかな光に魅了される。催眠術にかかってしまったようだった。頭が前後でぱっくり二分割され、額《ひたい》の側はものすごく熱いのに後頭部にはぼわんと鈍い靄《もや》がかかり、うまくものを考えられない。怖くなった。このまま、ふたりでDVDを観続けるのが。演技だよ、みんなつくりもの、カットの声がかかった瞬間に終わるフィクション——どんなに言い聞かせても動悸《どうき》が鎮まらない。

たまらず、リモコンを手に取り「停止ボタン」を押してしまった。

「おい」

「ごめん……」

顔を背けると「何だよ」と詰め寄ってくる。しゃべると心臓の音が喉からこぼれてしまいそうなのに。

「え、やっぱむかついてんの？　観たくないんならはっきりそう言えばいいじゃん。喜んでるふりして受け取んなよ」

「違う」

「じゃあ何なんだよ。テスト終わりの時だって——ハライタとかうそだろ？　俺、お前に避けられるようなことしたか？」

「違うってば」

「言えって」

「い、言いたくない」

というか、何と言っていいのか本当に分からない。グラスの中で、ずんぐりとちいさく溶け残った氷同士の均衡が崩《くず》れたのか、からんと鳴る。

「んだよ、じゃあせめて俺に謝れ」

航輝がぐっと腕を掴んだ。

「俺はなあ、ハブにされんのが嫌いなんだよっ。なのに終業式も出らんなくてオープンキャンパスも行けなくて、ただでさえ寂しいのに、微妙に嫌ってる感出しやがって！」

「……寂しいって」

真剣に訴える口調と、その内容とのギャップについ笑ってしまった。遠足に行けなくて地

団駄踏んでる小学生じゃあるまいし。でも本人はその面白さにまったく気づいていないのか
「何笑ってんだよ」とますますおかんむりになった。

「だって、そんな……まじめに……子どもじゃないんだから」

「高三が大人なわけねーだろ」

こんなにすごい仕事してるのに？　侑志はゆっくりと航輝に向き直った。

「お前、何で顔真っ赤なんだよ。ウケすぎじゃね？」

その問いを無視して侑史は尋ねた。

「サランラップ、した？」

「は？」

「キスシーンの時」

「なっ……」

『浪人虎の穴』」

今度は航輝が激しくうろたえ、みるみる赤くなる。

「え――なに、観てたのか？」

「うん」

「何でそれを、今、このタイミングで訊くの？」

「……分かんない」

「おい」

「分かんないけど、知りたいと思ったから」

航輝の頬からすっと赤みが引いた。とても静かな声だった。

「……教えてやる」

外からも何も聞こえず、エアコンが途切れのない息みたいな音を吐き出しているだけだ。乾いた汗のにおいが近くなる。触れた唇はつめたく濡《ぬ》れている。麦茶のかすかな甘み。摑《つか》まれたままの腕がじわっと熱くなって、航輝の緊張が伝わると途端に何だか怖くなり、侑史は身をよじって逃れようとした。

すると、口の中にやわらかなものが躍り込んできて、それが舌だと認識すると「ん！」と声にならない驚きが耳の中で響く。自由な片手がフローリングをさまよい、リモコンのボタンに何度か触れた。

いきなり、軽快な音楽が流れ出す。チャプターを送ってしまったのか、MVが始まったらしい。互いに一瞬びくっとして、唇が離れた。

「あ——」

侑志の方から目を逸《そ》らした。動物の喧嘩《けんか》みたいだけど、それがいけなかったんだと思う——いけないいんだろうか、この状況。たちまち床に組み敷かれて、航輝の真下で横たわる。

前奏が終わる。

この夏よどうか終わらないで
この夏よどうぞ終わらないで
僕は祈ってる　そっと

「……やりづらい？」

「何が？」

「こう、ほたるんに囲まれてると、さ」

寝転がったままでも眼球だけぎょろぎょろさせれば壁のポスターは見える。テレビからは歌声が聞こえる。きっと画面の中では笑顔と明るい光を振りまきながら踊っている。

「や、やりづらいって」

「それとも逆に興奮する？」

頭に上りきった血がつむじから吹き出そうな質問だ。侑史は口をぱくぱくさせるだけで「分からない」とすら言えない。でも航輝は返事を求めなかった。歌は流れ続ける。

海辺　砂浜で足の裏焦がした

花火　よそ見して親指やけどした
飲み干したラムネの
ビー玉鳴らして　歩く帰り道

「やりづらい」って何のことか、ふしぎとすこしも疑問に思わなかった。そこだけ互いの回路がかちっと抵抗なくはまったらしい。たぶん気持ちよりは身体《からだ》の比重が大きくて、衝動とかタイミングとか色々言いようはあるんだろうけど、とにかく、キスのその先、に何の疑問も抱かなかった。二コーラス目のサビの後、曲調は急にスローに変わる。

大人になるまでもない
僕らはもう知ってる
終わらないでと　祈った瞬間から
もう終わりは　始まってると

「ベルト、外して」

言われるままにそうする、次は「前開けて」と言われる。侑史は一言も逆らわなかった。

下着の中に手が入ってきて、中心を握り込む。あ、と短い声を洩らすと同時にその手は上下に動き出した。

「ん、んん……っ」

すっと身を屈《かが》めた航輝が、耳元で「俺も」とささやいた。

「触って」

「……うん」

手探りで航輝のベルトを外そうとしたが、なかなかうまくいかない。航輝は「どんくせ」とちいさく笑って、片手で自分の前をくつろげた。

腹から手のひらを滑らせて、生まれて初めて他人の性器に触れた。よく知っているのに知らないもの。もう熱くなっていて、興奮よりは好奇心をかき立てられた。分かりきっているはずなのに、こすったらどうなるのかな、と考えたら妙にわくわくする。

航輝の荒い息遣いが耳を打つ。自分の吐いた息は頭の中で響いている。身体の奥が、熱い。自分よりは、航輝の昂《たか》ぶりを吐き出させたら、この不可解な熱が鎮まるような気がしていた。手のひらを押し返してくる力強い脈動に煽られて、何の工夫もない摩擦で一心に、扱《しご》かれながら扱く。逆手の不便も感じなくなった。

終わりは、ほぼ同時だった。

「あぁ……っ！」

「ん……っ」

出すだけ出すと、航輝は急に普通のテンションに戻って「ティッシュちょうだい」と言った。

「はい」

机の上のティッシュを箱ごと取って、各々《おのおの》で後始末をする。自分の手なのに、ついているのは他人の精液だ。拭《ぬぐ》い取ったティッシュを丸めて航輝が「すげーな」と言う。

「エッチしちゃったよ。いや正確にはしてない？　何か、引っ込みつかなくなったっていうか、突っ走っちゃって」

すごい。そうだね。すごいね。確かに、うん、すごい。単純すぎる感想にどう返せばいいのか、ぼんやりしていると「黙んなよー」と痛くない程度に肩を小突かれた。

「え……っと」

無難な発言を心がける時ほど、却って際どいことを言ってしまうものだ。

「芹沢って、男が好きなの？」

の、のあたりで後悔した。もう遅い。航輝は「んー」と至って冷静に考え込んで「たぶん違う」と答えた。

「羽山とか久住としろって言われても絶対ねーわ」

「そ、そっか……」

「お前は？」

「えっ……」

「人に訊いといて自分は内緒とかはねーだろ」

床を一点凝視する。初対面の時もこんなだったな。

「俺、は……な、ないよ、そんなの」

ほんとか？　とか冗談でも訊かれたらうろたえまくってすぐにぼろを出したと思う。でも航輝は「ふーん」とすんなり納得してくれた。

「だから、お互い、気にしないってことで……」

「気にすんなって言われたら俺、ほんとに気にしねーけどいいの？」

答えに詰まる。でも気にしろって、自分を意識してくれってことじゃないか。そんな図々《ずうずう》しいお願いはできそうにない。

「……うん」

ちいさく頷くと航輝は「そっか」とあっさり言った。

「ま、何ごとも経験って言われてるし」

そういえば侑史に近づいてきたきっかけも、「役づくり」だった。だからさっきのも「勉強」だったのか、と航輝らしいという意味での合点はいった。ふと湧《わ》いた好奇心に逆らわずそのまま進んでいく経験。最初に妙な空気を作ってしまったのはこっちだし。

「バイバイ」

何の屈託もなく航輝が帰ってからも、やたら頬がほかほかしている。さっきとは何となく違う気がして念の為と熱をはかってみたら七度五分あった。慌てて薬を流し込み、パジャマに着替えた。熱があったせいであんな展開になったのか、あんな展開のおかげで熱が出てしまったのか。動くとくらっと天井がねじれて気分が悪い。それでも侑史は、もらったＤＶＤを観た。メイキングとインタビュー。完成版からは想像もつかなかったけれど、何でもない台詞を噛《か》んでＮＧを出すところが映っている。

——あー‼　すいません！　もう一回！　もう一回だけお願いします！

顔の前で手を合わせて航輝が拝むと周りから和やかな笑い声が起こる。お愛想じゃなく、ここで皆に愛されているのだと分かる雰囲気だった。うす暗くなってきた部屋でテレビだけが点《つ》いていて、いつもよりさらに回らない頭で観る。知ってて知らない航輝は明るい夢の世界にいる人みたいだった。初めてほたるに「出会った」時を思い出す。そのほたるは衣装のセーラー服の上に、ぶかぶかのスタッフジャンパーを羽織っているのがかわいい。台本を読んだり、髪や化粧を直されていたり、メイキングとはいえカメラの前だからか、彼女はずっと「ほたるん」にしか見えない。航輝がくるくる「先輩」と「素の自分」を行き来するのとは対照的だった。

久保田ほたるは言ってみれば意図的に口を描かれなかったキャラクターのようなもので、受け手に色々と想像をさせる。鉄壁ぶりを「お人形」「腹黒そう」と批判する人間が一定数いる、ということは、そこに強烈な魅力を感じる一定数も存在する。笑ってるけど疲れてるかも、平気そうだけど悲しいのかも、リアクション薄いけどすごく嬉しいのかも……少なからず自分の心情を投影しつつ、ひとりひとりが自分だけの「ほたるん」を補完していく。そうして彼女を好きになる。天然なのか計算された戦略なのか知る由《よし》もない。おそらく航輝にも分からないだろう。ふしぎな兄妹、と思う。全然違うふたりが、全然違うかたちで侑史を助けてくれた。

航輝へのインタビューが始まる。役じゃない状態でカメラに向かうのは気恥ずかしいのか借りてきた猫の体《てい》でそわそわ落ち着かないようすだ。すこし笑って、急に眠気がきたから、会話の半ばは本当に夢の中で聞いていた。

——妹さんとの共演はどうだった？　照れくさくなかった？

——休憩中とかはしゃべらないように気をつけてました。身内感が映像に混じるといやだったんで。でも、こっちが集中しきれてない状態で撮影が始まると「こいつこんなとこで何してんの」って思っちゃって、失敗したことはあります。

——今回の撮影で一番印象に残ったエピソードは？

——三月だったんで、夏服寒くて、なるべく動いて身体あっためるようにしてたんですけど、鳥肌立っちゃって。でも妹見たら、あんなに細いのに平気な顔してて。終わってから訊いたんですよ、どうやって鳥肌抑えてんの？　って。そしたら「何でそんなこともできないの?」って言われて悔しかったですね。

——将来はどんな俳優になりたい?

——妹みたいなスターに……ってうそです。なれないです。先のことは正直、よく分からないので、大学とか行ってゆっくり考えます。

八月の半ば、メールが届いた。

『携帯変えて、番号とメアドも変わったんでよろしく。あと、今週末空いてる？　父親出張でいないからうちで遊ぼーぜ』

親いない、って男女だったらその手の誘い文句の常道だけど、どうなんだろう。でも気にするなって言っちゃったしな。英語のテキストにはもう集中できそうになかった。椅子《いす》をぐるりと回し、壁のポスターを眺める。

一度もほたるんを、性的な目で見たことがない。ほかの女の子は？　分からない。裸になられたりしたらひたすらあたふたすると思う。そのあたふたの果てにちゃんと男の欲望が待ち受けているのかどうか。さりとて男ならすぐ興奮できるかと言われたらもっとハードルが高いような気がする。単に幼いだけなのかもしれない。こんな、人としていちばん基本的な項目すら中途半端なんだな、と情けなくなった。

もう一度机に向かい、ノートの上にぱたりと伏せる。頬に触れる紙がさらさらつめたくて気持ちいい。すぐ傍に置いてある携帯は近すぎてぼんやりと輪郭がにじんでいる。窓の外ではじんじんと、アラームみたいに蟬《せみ》が鳴き続けていた。

――あ。

その、端末の中に情報として蓄積されたメッセージが、不意に頭の中で、航輝の声で再生された。

——父親出張でいないから……。

頬がじわっと、むずがゆいような熱さを訴えた。駄目だ、止めなきゃ。頭の中のテレビにはリモコンもなければ主電源もなく、侑史の記憶をオンエアする。あの午後の、航輝の手や、息遣いや、声や、いく瞬間、眉間《みけん》に浅く刻まれたしわや。口の中から一気に水分が蒸発したように喉が渇いてくる。自分の意志の弱さというのを、こんなに痛感したことはない。手が勝手に——というのは言い訳で、気持ちよくなりたくて机の下でごそごそベルトを外し、ジーンズの前をくつろげ、下着の外に性器を出す。乾燥した唇の皮をしきりと歯で剝《む》きながら、こする。だから最近はいつも唇が荒れている。

「んっ……」

目を閉じて、記憶に忠実に手順を再現しようとする。乱暴なようでいて、ところどころにためらいや遠慮が覗き、それが一層、焦《じ》らされているみたいで昂ぶってしまった。こんなにはっきり、上下に扱かれた回数さえカウントできそうなほど覚えているのに、その通りに慰めようと思ってもうまくいかない。手のひらに「触っている」感触が伝わるからだろう。もどかしい。いってもすっきりしない、から何度もやってしまう。

航輝にされた、あの感じには到達できないまま、射精だけをした。

「——は……」

ティッシュを何枚も取り、手と下肢《かし》を拭う。ここ最近の消費量を母親は不審に思っていないだろうか？　いや、ていうか俺、このままで大学受かんのかな。合格ライン上をさまよっている現状、本番に強くない性格も考慮すると勝率八割ぐらいまでに引き上げておきたいのに、ちょっと気が緩むとこんなプレイバックプレイに耽《ふけ》って、終わったら今度は自己嫌悪で何もする気になれない。猿、というより惰性。この愚鈍な執拗《しつよう》さはのたのたした両生類を連想させた。指の間がまだねとついている気がして、ため息をつきながら立ち上がると洗面所で手を洗う。鏡の中に映った自分の顔には、ノートから転写された数式が張りついていて、反転がもう一度反転、で読める向きになっているのにちょっと感心しながら、またため息。でも部屋に戻ったらメールに返信するだろう。

行く、と。

約束の日、夕方に航輝の家を訪れた。一軒家のインターホンを鳴らすと「おーう」と出てきたのは羽山で、緊張が瞬時に驚きと恥ずかしさに変わるのを感じた。そうだ、自分が呼ばれている以上、羽山や久住に誘いがないわけないじゃないか。どうしてふたりきりだなんて思い込んでしまったんだろう？　何だか本当に、自慰のしすぎでバカになりかけているような気がした。このぶんじゃ冬は、予備校に行かせてもらって追い込むしかないかもしれない。だらだらと斜めに長い影を作る、なかなか沈まない太陽がじっとりと背中にTシャツを張りつかせていて、冬のことなんか考えてもちっともぴんとこなかったが。

「よし早瀬、ほたるんの部屋突撃しよーぜ」

「しないしない」

リビングに通されるとちょうど航輝と久住がプレステで「ＦＩＦＡ」をしている最中で、航輝は一瞬顔を背けるのも惜しいというふうにちらっと侑史を見て「おう」と一言投げただけだった。どぎまぎしてして不審がられるよりはよっぽどましだけど、有言実行で気にしなくなってるんだな、と思うと空《むな》しくもなったし、自堕落が改めて情けなくもなった。

取り立てて特別な遊びをすることはなく、ゲームをしてだらだらしゃべって（侑史はほとんど聞き役だけれど）、お笑い番組のＤＶＤを観てまただらだらしゃべって、夜になると近くのファミレスに出かけ、食事しながらだらだらしゃべった。

「お前、道歩いてて指差されたりしないのか」

と久住が尋ねたのは、ウエイトレスがオーダーを取る間しきりと航輝を気にしていたからだろう。航輝は、三角柱に折られた季節のデザートメニューを見ながら「別に」と答える。

「知らん顔してたら勝手に『人違いか』って納得してくれるし」

あのＣＭももうすぐ終わるし、と言われ、そうだ夏のキャンペーン用だもんな、と冷房のがんがん効いた店内で夏の終わりに思いを馳《は》せた。またひとつ、季節が動く。春から夏になる時、航輝のおかげで侑史は半歩前へ進めた。夏から秋へのステップには一体何があるんだろう。週末だから、店の待合スペースはすぐ家族連れでぎゅうぎゅうになり、久住が「出よう」と急《せ》かした。レジ横のガムや安物のおもちゃが陳列されたコーナーにはベビブロのトレーディングカードも並んでいて、「¥525」のシールを貼られたほたるんが笑っている。

そのまままっすぐ帰らずに、何軒かのコンビニをはしごしていると航輝が唐突に「花火したい」と言い出した。

「どっかで花火しよーぜ」

「どっかってどこだよ。この辺、公園も河川敷も禁止だろ」

「んー、四丁目のグラウンドとか」

「遠い遠い」

「おととし、小学校侵入して花火したじゃん。明け方にさ」

「今できるわけないだろ」

久住がにべもなく却下した。

「もし補導でもされたらどうすんだよ。俺の推薦が駄目になる」

航輝はむっとしたように花火コーナーから遠ざかり、かごにお菓子やドリンクをがさがさ放り込み始めた。羽山と久住は顔を見合わせてやれやれと言いたげだ。侑史は「こんなにたくさん売ってるのに、今、どこも花火しちゃ駄目って言うよね。どこでしてるんだろう」とどうでもいい疑問を口にした。

「海じゃね」

「砂浜だって禁止だと思うぞ。勝手にやってるだけで」

「えーじゃあ、庭付き戸建て住んでないとできないってこと？　敷居たけー」

そんな話をしていると航輝が棚の陰からひょいと顔を出し「これも買う」とペプシの限定品を見せて笑った。もう機嫌は直ったのだろうか。帰って、またゲームをしてテレビを見て、十一時ごろになると侑史は眠気をこらえきれなくなった。大した遊びをしたわけじゃないが、ずっと人と一緒にいて少々疲れてしまったのだと思う。

「え、もうオチかけ？　お前、どんだけ健やかなの？」

逆です、すごく不健康です――いや不健全か。舟を漕いでいると航輝が腕を引っ張り上げてソファに押しつけるように寝かせた。

「ちょっと横になったらすっきりすんだろ」

「二階連れてってやれば？　ここじゃ明るいし俺らがうるさいだろ」

羽山の言葉に「いい」とゆるみきった声で答える。階段を上がる元気なんて、ない。

もう絶対朝までコースだと確信するほど睡魔は強烈だったのに、ぼそぼそとしゃべる声で目が覚めた時、まだ夜中だった。いつの間にかタオルケットがかかっていて、うすく目を開けると、侑史に背を向けてゆるい扇状に三人が座り、話し込んでいた。

「同窓会したいってメール、来た？」

と羽山。

「来た。でも明らかに航輝のメアド目的だろ」

久住が答える。

「卒業して三年も経《た》ってないのに同窓会なんかしたってしょうがないし」

「返信した？」

「俺は行かない、ってだけ返した」

「航輝、どうする？」

「羽山、わりーけど俺の分も返事しといて。行かないって」

「あいよ」

「俺は皆で集まんの好きだけど、携帯変えたばっかだから若干気まずい」

「でも事務所に言われたんだろ？」

「うん、今後は信頼できる人間にだけ教えるようにしなさいって。あとLINEとか絶対勝手にすんなって言われた」

「信頼できる、って言われてもな」

「うん。自分で線引きって難しいし……俺って何様？　って思う」

「せめて彼女がいなくてよかったんじゃないか」

久住の言葉でどきっとして、肩が揺れた。タオルケットがかすかな衣擦《きぬず》れの音を立てたが、三人は気づかないようだった。起きて話しかけたっていいはずなのに、割り込んではいけないような気がしたのだ。

「何でいいんだよ」

「別れさせられてたかもしれないだろ」

「んなブラックな事務所じゃねーよ。……徹底的に隠せとは言われたかもしんねーけど」

「そんなん普通の女なら耐えらんねーだろ。どっちにしろ破局コースだよ」

「そうかな」

その後もとりとめなく雑談していたが、やがて「眠い」と羽山があくびした。

「お前の部屋で寝かせて」

「おう。布団も敷いてるから久住とジャンケンして決めて」

「くーたんベッド譲って！」

「誰がくーたんだ」

ふたりぶんの足音が階段を上がっていく。侑史は目をつむって寝たふりをしていた。

いくつか、分かったことがある。航輝はすこし、ストレスを感じていた。急に全国区の有名人になってしまって、知らない人間にじろじろ見られたり、人間関係のスリム化を迫られたり、先行例を身近に見ていてもいざ自分が、となるとつらいものがあるのだろう。花火がしたい、と言い出したのはちいさなSOSだった。何も考えずに冒険をしていた頃にほんのすこしでも戻りたくて。侑史は困惑しただけだったが、他のふたりには分かっていたに違いない。提案に悪ノリするわけにいかないのも。ただの高校生が花火をして怒られるのと、航輝がするのでは全く意味が違ってくる。だから久住は、自分の進路を口実に断ったのだ。もちろん航輝も承知で、感情の整理をつけるために「すねる」というインターバルが必要だった。

手に取るように理解できるのは侑史が三人を外から見ているせいだが、疎外感はちっとも感じなかった。友達っていいな、とごくごく単純に思っていた。羽山と久住が、さりげなく航輝を気遣いながらも過剰にはならずに接しているのが嬉しかった。よかったね芹沢、と言いたくなって、これってどういうポジションの目線なんだ？　とふしぎになる。羽山たちのような友人ではなく、でも航輝曰く「信頼できる」から新しい連絡先を教えてくれた。一度抜き合ったよしみだろうか。うすく目を開けると航輝の後ろ姿は携帯をいじっていた。

ほんとに彼女、いないんだ。よく考えるとその程度のプロフィールも知らなかった自分にびっくりする。それも「分かったこと」のひとつ。

「……寝ないの？」

声をかけるつもりなんかなかったのに、そう言ってしまった。航輝はゆっくり振り向いて

「まだ携帯慣れてなくて」と言う。

「使い方よく分かんねーから色々触ってた」

「芹沢」

「ん？」

花火しようか、とまたもや侑史は思いがけない台詞を口にした。二階のふたりを起こさないよう、そっと家を出てコンビニに行く。夏の夜は悪くない。どんどん青ずんでいくのに決して真っ暗にはならない。午前三時前。濃紺のコーティングが一枚二枚剝《は》がれ出していて、夜明けの気配がする。遠くのグラウンドでも、小学校への侵入でもなく、芹沢家に戻る。買ったのは線香花火が二十本きり、といういちばんしょぼいセットだ。風呂場で、水を張ったバケツを挟んでお互いしゃがみ込む。花火ってこういうんじゃねえよ、と文句が出るかと思いきや航輝は楽しそうだった。

「火、火、つけて」

「うん」

台所から持ってきたチャッカマンで頼りないこよりの先端に炎をかざす。火薬の燃える独特の、すっぱい焦げくささがあっという間に立ちこめ、ぱちぱち……と星座をつなぐ線のような赤い火花が散った。屋外で聞くともの悲しいほどささやかな火の爆《は》ぜる音は、狭い密室だとそれなりに響いて、いけないことをしている気分になる——いけないいんだけど、実際。

「早瀬、電気消して」

と航輝が外を顎《あご》でしゃくった。風呂場と、脱衣所も。

「うん」

立ち上がって、まず浴室の照明を落とす。それから脱衣所のスイッチを切り、改めて風呂場を見やると、真っ暗なすりガラスの向こうに、ほたるのような儚《はかな》い光源が浮かんでいた。きれいで、でも頼りなくて、じっとちいさな線香花火を見下ろしている航輝がこの先にいると思うと、侑史は急にものすごく泣きたくなった。涙は出したくないけど泣きたい、そんな心境だった。ずっと見ていたかったし、目を逸らしたかった。

「早瀬ー」

と明るい声が呼ぶ。

「消えそう、次お前だから早くしろよ」

「あ、うん」

視界を確保するため、ほのかな光が消えないうちに新しい一本に点火する。

「あ、落ちる」

ちいさな、とろっとした熱の塊がぽと、と水の中に落ち、呆気《あっけ》なく姿を消した。

「じゅっ、て言った？」

「聞こえなかった」

「ちっさすぎんだな」

航輝とほたるのＣＭにも、線香花火篇があった。ふたりで花火をしていて、「私」は意を決して「先輩」に告白しようとするのだけれど、それを察した「先輩」がねずみ花火に火をつけて、「私」はきゃあきゃあ逃げ回る。「先輩」は笑う。でも騒いだ後の「私」の目には涙が浮かんでいて、「バカ！」と叫んで帰ってしまった。「先輩」はそれを追いかけられずにただ立ち尽くす。花火大会篇より後、夏の終わりをイメージさせる雰囲気だった。

「芹沢」

「うん？」

「ＣＭの先輩は、なんで告られないようにしたんだろう」

手元の花火を見て、航輝の表情が目に入らないようにした。何だこいつ、という反応だったら恥ずかしいから。

「台本に書いてあったから」

やはり線香花火では物足りないのか、数本まとめて火を点けながら航輝が答える。

「そんなこと言うんだ……」

「何だよ怒んなよ」

「怒ってないよ」

すこし激しくなった花火の音は、蟬の鳴き声に似ている。

「んー」

と困ったように一拍置いて「ラクだから、だろ」と言った。

「じゃれ合ってて楽しいけど、まじに告られたらまじに返事しなきゃいけないだろ。それってめんどいじゃん……という心理だと、俺は解釈した」

「でも好きなんだよね？」

「そうなんだけど、両思いだよなーってお互いに思ってる期間って貴重だから。だってつき合ったら終わっちゃうだろ。だからあん時は、空気読めよバカ、ぐらいの気持ちだった、と思う」

「かわいそうだ」

「いや何かそういう時ってない？　いいんだけど今じゃない、みたいな」

「……分かんない」

侑史の花火も燃え尽きたので、まねをしてまとめ点けする。

「お前、ほたるんに肩入れしすぎてね？」

「CMの中ではほたるんじゃない」

侑史は反論した。

「先輩も芹沢じゃない」

「じゃー俺に文句言うなや……」

「言ってない」

航輝の手が軽く揺れて、怒らせたかなとひやっとしたが、聞こえてきたのは笑い声だった。

「え……なに？」

「お前もずいぶんずけずけモノ言うようになったなーって感心してた」

そうだ、つい最近まで、ふたことみことのやり取りにすら必死だった。つい、ごめん、と口走りそうになったが、いやいや違うと思いとどまった。

「うん、自分でもびっくりする」

「ひょっとしてこっちが素なのか？」

「違うと思う」

何が本当の自分か、なんてなかなかの難題だけど。

「最初に会った頃の俺で普通だよ。人と話すの下手《へた》だし、いっつもおどおどしてた」

そして差し伸べられた手を勘違いしてしまった。

「ふーん」

暗いバケツの水面にも、赤い火が弾けている。

「変わったんだ」

「変わってないと思う。……芹沢だけ」

その次、何を言いたかったのだろう。用意した言葉があったのかなかったのかすら、バケツ越しに口を塞《ふさ》がれて分からなくなってしまう。互いの手から同時に花火が落ちた。触れ合ったまま、航輝がかすかに唇を動かすとあちこち剝けた皮が逆撫《さかな》でられ、かさつきをひどく

意識した。芹沢はちくちくしてんじゃないかな、と思うと恥ずかしい。

「……荒れてんな」

声と息が、ささくれた唇をひりひりさせる。動物の手当てみたいにぺろぺろ舐《な》められて、しみた。でもやめてほしいとは思えなかった。

「は、花火……もういいの？」

「おう」

「やっぱりつまんなかった？」

「バカ」

今度は額を合わせてくる。というより頭突きに近い強さで、正直痛かった。

「満足したって言ってんの！　……ありがとな」

「俺こそ」

「何だよ」

「新しいメアド、教えてくれてありがとう」

「礼言うことじゃねーだろ」

「だって」

「早瀬」

頬を包んだ両手は、火を孕《はら》んだように熱い。

「お前はいいやつだよ。多少臆病でも気が弱くてもオタクでも、俺との約束守ってくれたし、俺に優しくしてくれた。ちゃんとしてるじゃん。誰に何されたのか知んねーけど、卑屈になる必要なんていっこもないって俺は思うぞ」

「だけど、俺」

「いい」

ややぞんざいに遮ると「黙ってろよ」とささやいた。

「——……空気読むって、そういうことだろ?」

もう一度、唇をなぞった舌が今度は口腔《こうこう》まで探ってきた。顔を動かせなくて、歯の表も裏も、舌の根っこも、いいだけ撫で回されてしまう。腰の力がたちまち抜けて、しゃがむ姿勢に疲れ始めていたせいもあって、簡単に尻《しり》もちをついた。

「よっ」

ふたりの間にあったバケツを、航輝が浴槽の中に移動させた。暗闇《くらやみ》の中でもふたつの目がはっきりと光っているのが分かる。怖い、と思った。でも鼓動の中には確かに高揚も含まれていて期待していた自分もいたのだと知る。

「芹沢」

「痺《しび》れ、切れちゃった?」

「そうじゃないけど」

腰が抜けて、というのが恥ずかしくて口ごもっていると航輝が両手を取ってバスタブの縁《へり》へ促した。

「つかまってて」

「え」

後ろから腰を抱えられて、戸惑う暇もなくうなじに吸いつかれた。

「あ」

神経を羽毛で撫でられたような感覚に、思いがけず大きな声が出た。航輝が耳元で「しっ」とささやく。

「風呂場、響くから」

「だ、駄目だよ」

「何が」

「羽山くんたち起きてきたら……」

「だから、起きてこないように抑えろつってんの。大丈夫だよ、二階にもトイレあるし、朝まで下りてこないって」

「無理——あ！」

Tシャツをするするたくし上げた手が、胸の尖りを掠《かす》めた。

「な、どこ触って……や！」

「声出すなって」

「だ、だって」

きゅっとそこを摘《つま》まれると、勝手にへんな声が喉から滑り出てしまう。

「……ここ、そんなきもちーの？」

「わ、分かんない……っ」

「ふーん」

また、前と同じようにちゃっちゃとベルトを外された。ジーンズを下着ごと膝《ひざ》の上まで下ろされ、後ろから回ってきた手が性器に触れる。

「や……んん！」

「……我慢してろよ」

侑史よりもひと回り大きな手が口を塞ぐ。その乱暴さにぞくりと感じてしまった自分が信じられなかった。くすぐってー、と航輝がつぶやいたのは、侑史の吐いた息がかかるからだろう。

「ん――」

刺激されるまま、指の隙間からくぐもった声をこぼして、いった。

「は……」

「早瀬」

背中に、さっきよりずしりと航輝の体重がかかってくる。

「このまま、していい？」

「え」

「後ろで」

その手の行為に疎い侑史にも、意味は分かる。

「……うん」

全身を緊張に固くして次の行動を待ったが、航輝はじっと動かない。

「あの」

振り返ろうとしたらすっと離れていった。

「芹沢」

「うそだよ、いいよ」

「え……」

「や、うそじゃねーけど、お前、明らかに流されて無理してんじゃん。がちがちになってるくせして、いやならいやってはっきり言わねーと」

「さ、最初に言ったじゃん！」

「え、だって最初は本気でいやがってなかっただろ」

そんなはずは、と思うのだけれど、こうも言い切られるとそうなのかな、と揺らいでしまう。確かに自分は流されやすい。

「先出てるから、シャワー使ってからこいよ」

バケツと花火の残りを持って、航輝はあっさり出て行った。俺は前みたいにしなくていいの？　と訊きそびれてしまった。


風呂場から出ると、ペットボトルのサイダーを回し飲みした。

「あ、これ羽山が買ったやつだっけ。まあいいか」

外はすこしずつ明るみ始めていて、キッチン全体がうっすらとしたべっ甲色に染まっていた。あっという間に白くなり、まぶしい朝がくる。でも今はこのうす明るさと静けさが気だるい身体に心地よかった。

「あ」

ジーンズのポケットで携帯が振動する。

「何だよ」

「メール……ほたるんから」

『朝早くからごめんなさい！　ほたるです。今から撮影！　頑張ってきます』

撮影なんだって、と言ったが返事はなかった。

五百ミリのボトルをふたりがかりで空にしてしまうと、航輝は口を拭い、ふと思いついたように「あいつの部屋、入る?」と尋ねた。

「え?」

「二階の。昔のまんまだから小学校ん時とほとんど変わってねーけど。ださい学習机と、賞状とか絵とか」

「入らないよ」

侑史は驚いて固辞した。

「本人の許可もなしにそんな……どうしたの?」

「入ってみたら分かると思ったからさ。あいつがただの、普通の女だって」

「どういう意味?」

すぐには返事が返ってこなかった。プラスチックのボトルのラベルをぺりぺり剝がし、専用のごみ箱に押し込むとばりばり乾いた音がする。そのままシンクで容器をゆすぎ出した航輝を見て、ちゃんとしてるな、とこんな時なのにへんな感心をした。

「早瀬が盲目すぎるからどうかと思って」

「どう、って……?」

水切りをしたしずくがカウンターに飛ぶ。そのかすかなふるえから何となく目が離せなくなった。

「もうちょっとさ、ほかの趣味見つければ」

無視したわけじゃなく、航輝の言葉が本当に理解できなくて侑史は水滴を見つめたまま黙っていた。どうして急にそんなことを言い出すのだろうか。

「……何か言えよ」

催促されてやっと「ほかにやりたいことなんかない」とちいさくつぶやいた。航輝は明らかにいら立ちをにじませて「ほたるんほたるん言ってるから、ほかなんか見えてもねえだろ」と言う。

「いつまで宗教みたいにドルオタやってる気だよ。不登校の間、何か拠《よ》りどころが欲しかっただけだろ？　それってもういらねーじゃん。あいつは久保田ほたるを演じてるだけだろ。中身のない空っぽなアイドルに入れ込んだって意味ねーよ」

頭に一瞬で血が上り、また引いたような感じがした。かっときて、すーっと行って。足がふらつかないように必死で力を込めた。

「意味とか……」

どんなに意識しても、声は力めなかった。それでもちゃんと言わなきゃ、と自分を叱咤《しった》する。

「意味とかじゃない。そういう問題じゃない……ていうか、普通に在宅でできる範囲の応援してるだけだから。勉強だって一応してるし……」

「それ何歳になるまですんの？　三十？　四十？」

「先のことなんか分かんないよ」

「いい加減現実見ろって」

「やだ」

「何だと」

空っぽのペットボトルが、叩《たた》きつけるように置かれた。かんっと硬い音が響いたが侑史は怯《ひる》まなかった。

「芹沢には分かんないよ。芹沢みたいに何でもできる人には」

「あのな、」

「ほたるんがいなきゃ生きていけない」

何と怒られるか身構えたのだけれど、航輝は顔を背けてはーっとため息をついた。似つかわしくない深い疲労を感じさせて、侑史は自分がとんでもない失言をしてしまったかのような気持ちになる。根本のところが何も変わっていなくてがっかりしたのだろうか。でも、オタクな侑史を否定しないでいてくれたのは航輝じゃないか。嬉しいって言ってくれたし、ほたるのことだって色々教えてくれて、なのに急にそんな。とりあえず謝ろうか？　いやだ、彼女に関してうそをつきたくない。

侑史がただ立ち尽くしていると、階段を下りる足音が聞こえた。

「あれ？　お前らもう起きてたの？　徹夜？」

羽山が横っ腹をぼりぼりかきながらやってくる。

「いや」

航輝が短く答える。

「喉渇いた～。久住が扇風機の風独占してるから暑くてたまんねーわ」

「クーラーつけていいのに」

「したら今度寒いとか文句言うんだよ……あっ、俺のサイダーない！」

「悪い、今間違って飲んじゃった」

「え～……じゃあこのポカリもらうわ」

明らかに異様な雰囲気だっただろうに、羽山は何も訊かず「ゆうべの続きやろうぜ」とリビングに出しっ放しのゲーム機を指した。

「おう」

そうこうしているうちに久住も起き出してきて、七時ごろには航輝が「仕事の予定早まった」と言ったので早々に解散となった。本当かどうか分からない。侑史の顔を見たくなかったのかもしれない。それならひとりだけ先に帰ればよかった。そうしようかとも思ったけど却ってよくないんじゃないかって気もして——駅前のマクドナルドで朝メニューを食べながら考えていると、ようやく羽山が「何かあった？」と尋ねた。

「何かって何だよ」

「いや、久住が寝てる間、俺が先に下降りたじゃん？　そん時、航輝と早瀬が微妙な空気だったから」

「ああ、そういえば妙によそよそしかったな」

「あの……オタクやめろって言われて、ほたるんの……それで俺がやだって言ったから」

「え、そんだけ？」

「うん」

しょーもな、と笑い飛ばされた。確かに侑史だって説明しながら俺ってほんとバカだな、と思ってしまったけれど。

「嫉妬じゃね」

と羽山が言う。

「早瀬がほたるん命なのが面白くなくなってきたんだろ」

「えっ……」

それってそれって。何か探りを入れられているのか、まさか風呂場のあれを聞かれたりなんて——せわしなく目を泳がせていると「だってあいつガキなんだもん、なあ」と久住に同意を求める。

「前も言っただろ、俺と久住だけで黙って遊んだりすると怒るって。それと一緒じゃね」

「そういう時って、どうやって仲直りしてる？」

「にやにやしてる」

「え？」

「うんうんごめんね、ってにやにやしながら聞いてたら、向こうが勝手に我に返るんだよ。ハッ、俺今頭悪い……！　みたいな」

「あの瞬間は何度見ても飽きないな」

それはちょっと見てみたい。でもあの場で侑史が笑おうものなら、もっと取り返しのつかない事態に陥っていたような気がする。嫉妬、という二文字を、家に帰ってから何度も口の中で転がした。溶けない、甘くないあめ玉。航輝がほたるに嫉妬して、ああいう発言につながったのだとしたら、航輝は侑史に少なからずそういう気持ちがあるという結論になる。二回もキス（以上も）してしまったし。

「……ありえないって」

航輝が自分を好きだなんて。

あれだ、女の子とつき合ったらややこしいことになるから、侑史なら何も言わないし、手近な捌《は》け口って言うと自分でも複雑だけど――。

「ありえない」

もう一度、今度はきっぱり口にした。航輝は絶対にそんな人間じゃない。俺のせいかな、と思う。自分がよく分からないまま物欲しそうなオーラを出していて、航輝はそれに流されたというか、応《こた》えてくれたというか。

そうだよ。胸にじわっと黒いしみが広がってくる。八木だってそうだったじゃないか、八木と航輝は違っても、自分は自分でしかないのだから。また同じ失敗を繰り返すかもしれない。駄目だ、もう、絶対に。発作のような息苦しさに襲われて、もどかしくｉＰｈｏｎｅにイヤホンを挿《さ》した。ほたるだけが侑史を鎮静させてくれる。楽にしてくれる。永遠にアイドルでいてくれないことぐらいは分かっているけど、今の自分には彼女のいない生活なんて考えられなかった。それで航輝に怒られても嫌われても、変えられないと思った。

始業式の朝、航輝は家に来なかった。ほっとしたのか落胆したのか、自分でも分からなかった。

「お友達、きょうは来ないの？」

と母が尋ねる。

「うん」

「ねえ……まさかと思ったんだけど、あの子、携帯のコマーシャルに出てなかった？」

「出てた」

「やっぱり！　えー、すごいじゃない。そんな子が侑史と友達なんて！　お母さん、会社で自慢していい？」

「やめてよ」

ひどく冷淡な声が出た。

「友達ってわけじゃないし……迷惑になるから」

「そう……ごめんね」

あのＣＭ終わってよかった、と思ってしまう。流れるたび、どうしても航輝の言葉がよみがえってしまうから。母親にきつい言葉を投げた自己嫌悪を消化できないまま登校すると、航輝はもう来ていた。

「おはよう」

「おう」

わだかまりがまるまる溶け残ったままなのが分かる表情で、でも羽山たちも一緒だからそれが表立つ険悪さにはつながらなかった。それより侑史は、航輝を取り巻くムードががらりと変わってしまったことがありありと分かり、その方が気にかかった。教室内は、一見休み前と変わらない。でも皆がちらちらと航輝を窺《うかが》っているのは確かだった。話しかけようかやめようか、誰かあのCMについて触れてくれたら、自分も大っぴらに噛んでいけるのに、という無言の願望で、結果的にけん制しあっている。クラス外の人間はもっと大胆で、引っきりなしに覗き込んで「いた！」と歓声を上げ、堂々と携帯を取り出す生徒もいた。

「……あれ、注意してこようか」

たまりかねて久住が申し出たが、航輝は「いや」と首を振った。

「俺のこと撮ってんじゃねーって言い逃れされたらそれまでだし」

「ネットに流されたりしたら？」

「何とかしなきゃなんねーようなレベルになったら、それはそれで俺の考える問題じゃない」

後ろにいる大人が対応する、という意味だろう。

「そうか」

グラウンドに移動する時も、校長の長話の間も、絶えず誰かが航輝を見つめているのを感じた。もう航輝は「学業の傍《かたわ》ら芸能活動をしている生徒」ではなくて「学校に来ている芸能人」なのだ。このぶんじゃ文化祭も体育祭も、航輝が望んでいたようにはできないんじゃないだろうか。航輝は一言もこぼさないが、うっとうしくないわけがない。これで大学なんて、行っていいのかな、と侑史はひそかに危ぶんだ。教室に戻る途中の下駄箱で、騒がしいいつもの話し声に紛れて、品評がはっきり聞こえてくる。

――えーあれ？　まじかっこいいじゃん。先輩に頼んだらメアド教えてもらえないかなぁ。

――んなイケメンかぁ？　テレビ映りがいいだけじゃね。

――雰囲気雰囲気。

自分なら耐えられない。一目散に逃げ出したくなっているだろう。でも航輝は変わらず堂々としていた。階段に向かう途中、人混みの中から背中にふっと視線を感じた。きっとまた航輝に注目しているのだろうと少々腹立たしい気持ちで振り返り、ぎくりと強張《こわば》る。

八木と、知った顔がいくつか。一年の時のクラスメートだ。すぐにまた背を向けたが、血管がいやな感じにざわざわしている。完全に目が合ったのは、向こうも気づいているだろう。そうか、まだあの人たちと仲いいんだ。当たり前か。友達だもんな。もう俺には関係ないんだから……。

手の甲に、指先が触れてきた。航輝の指だ。

「どうした」

顔を上げると、相変わらずそっけない声ではあるが、確かにそう言った。自分のことで大変なはずなのに。

「……何でもない」

精いっぱい力強く答えた。迷惑かけちゃいけないんだ。

「早瀬」

「なに？」

「……いや、何でもない」

こんな煮え切らない態度は初めてだった。不安要素がいっぱいだ。夏の途中までは、色んなことが楽しくてうまく運んでいるような気がしていたのに。

短いＨＲが終わると、航輝はすぐさまかばんを引っつかんで飛び出していった。仕事があるのだろう。羽山たちと一緒に下校すると、門の外に出た途端三人とも同時のため息が出た。顔を見合わせて苦笑する。

「緊張感が漂ってたな」

と久住が言った。

「うん」

「でも航輝、見た感じ平然としてたもんな、すげーよ。俺ならイラついて絶対顔に出ちゃってたもん」

「そうだよね……」

「何かさ、しょーがねーとは言え、もうちょっと待ってやれなかったのかなって思うよ。ＣＭとか、がんがん売り出すの。大学行ってからでよかったんじゃね」

「そういうわけにはいかないんだろ」

「でもさ、高校卒業するタイミングなら、携帯変えて連絡つかなくなっても何か納得できるじゃん。今やったら感じ悪く思うやつっているだろ。実際言われてたもん。有名になった途端一般人の友達切ったって。事務所っていうのは、そういうこと考えてくんねーの？」

「仕事なんだよ。航輝でものすごい人や金が動くんだ、文句なんかつけたらそれこそ大学受験やめろって言われるんじゃないのか」

侑史のひそかな懸念を久住はずばりと口にした。

「やめちゃう……かな……」

「今のところは行く気だろ。大学入る頃には落ち着いてるかもしれないし」

「だといいんだけど」

「早瀬」

羽山が常にない真顔で呼びかけた。

「え？」

「もし航輝が大学行かないって決めても、お前もつられてやめるとか言うなよ」

「いや、余計なお世話だったら悪いけど、ちょっとお前、心折れやすそうなとこがあるからさ。せっかく学校来るようになって目標できたんだから、そこは初志貫徹で行こうぜ、なっ」

「……羽山くんって、ほんといい人だね」

本心から感動したのに「何言ってんだよ」と笑われてしまった。航輝のために憤慨している羽山を、仕方がないと言いながら黙って見守っている久住を、航輝はちゃんと分かっているのだろう。俺は芹沢のために何かできることがあるのかな、と考えてみたが、ひとつも思い当たらなかった。

その夜、夕飯の調達がてらコンビニに出かけた帰り、携帯が鳴った。羽山からだった。どうしたんだろう。あした学校ですませられない用件、が想像できなくて若干怯《おび》えながら取った。

「もしもし?」

『お前、今、テレビ観てた?』

「え? ううん、コンビニ行って帰る途中……どうしたの?」

また航輝がチャンネルジャックでもしたんだろうか。あれほどには驚かないけれど。

『ほたるん、引退するって記者会見してるぞ』

「……え?」

片手に提げた袋には、弁当と、ほたるんのグラビアが載った雑誌が入っている。

『皆さん、こんばんは。もうテレビなどでご覧になった方もいらっしゃるかもしれませんが、私、久保田ほたるは、クリスマスのドームコンサートをもちましてベビーブロッサムを卒業します。その後のことは何も分かりませんが、もう、テレビに出ることはないと思います。……急な発表で、びっくりさせてしまってごめんなさい。でも私は、ずっと前から考えていました。あともう少し、メンバーやファンの皆さんと楽しい時間を過ごすことだけが今の私の願いです。クリスマスの3days、ドームで会えますように！　ほたる』

夜遅く届いたメールを、侑史は何百回となく読み返した。何ひとつ本心の書かれていない、いつものほたるんのメール。ネットは大騒ぎで、死ぬと言ったり、殺してやると言ったり、男ができたとか妊娠してるとか薬だとか事務所の内部抗争だとか、ものすごい量の妄想とあてずっぽうと中傷が湧いては流れ去っていく。侑史はその流れにすこしも乗れず、ただただ放心していた。こんな腑抜《ふぬ》けが日本全国で大量生産されているに違いない。十年後、二十年後も今みたいにアイドルをやってくれるとは思わない。ほたるが元アイドルの肩書きで、そこそこ便利な安いタレントとしてひな壇に座る様も考えたことがなかった。だから侑史は、ほたるがほたるんのまま、どこかでぷつりと途切れてくれることを望んでいたのかもしれない。

でも、どうしてよりによって今、突然。ずっと握り締めたままの携帯がまた鳴り出し、液晶に「芹沢航輝」と表示された。ためらった挙句、出る。

「……はい」

『見た？』

「うん」

『お前、大丈夫か』

ほたるんがいないと生きていけない、そんなことを口走った。もちろんでたらめだ。彼女が表舞台から消えても、侑史は眠り、食べ、生きていくだろう。絶望して自殺なんてするはずがない。でも今、どうしていいのか分からないこの気持ちは、うそじゃないのに。

「……いつから知ってた？」

『俺が聞いたのは四月ぐらい。本人は親とか事務所ともっと前から話し合ってたみたいだけど……』

航輝は「理由は俺も知らない」と続けた。

『親は、五年以上もどっぷり芸能界にいたんだからもういいって言った。俺もそう思う……で、はっきり決まったのが七月』

「そう」

知ってどうするんだろう、と訊いたくせに思った。何を教えられたって空しい。

『ごめん』

侑史が沈黙していると、かつてない神妙な口調で航輝が謝った。

『さすがに言えねーから……最初は、あーこいつ、妹がアイドルやめちゃったらどーするんだろぐらいの気持ちだったけど、何か、だんだん、いたたまれないつーか……』

「……うん」

いつまでも依存するな、と迫ってきたのは航輝なりの優しさだった。その前のことも、全部。

「……いたたまれなくて、バカでかわいそうだったたんだ」

『んなこと言ってねーよ』

同情で、構ってくれていたんだ。だってそうでもなきゃ、相手にされるわけなかった。優しいから、過剰に情が移ることだってあった、ただそれだけ。

「ごめんね」

『おい、何でお前が謝んだよ』

「でも、もういいから……ほんとに死んだりしないから、心配しないで」

そのまま電源を長押しして、切ってしまう。ヘッドホンをつけ、DVDを観る。他に逃避と治癒の方法を知らなかった。新しいほたるが永遠に更新されなくなるなんて今でも信じられない。

これから何をしてこう、と思う。ささやかなエネルギーの注ぎ先がぽっかり失われてしまった。この先自分には、あれをしなくちゃと気が急いて、あしたにはあれが、あさってにはあれが……と心待ちにすることが見当たらない。ただ単調な日々が続いて、航輝だってもう侑史を気にかける必要も暇もない。

何で最初から放っといてくれなかったんだろう。

学生生活なんて自分が送れなくなってるくせに、もう侑史が学校に行こうが行くまいが、同じじゃないか。喪失感は途中から航輝への恨み言にスライドしていた。夢から覚めたようにはっとする。一体何に傷ついて何が悲しいのか、心の整理がつかない。ほたるが、航輝が、あるいは「私」と「先輩」がぐるぐる頭の中を回る。ほとんど頭の中に入ってこないままディスクも終了し、きゅうーんと引き絞るようなかすかな音を立てた。

もう明け方近かったが、カーテンの隙間から覗く空は真っ暗だった。花火をした夜からひと月も経っていないのに、日の出が遅くなっている。秋がくるんだ、と思った。秋が来て、冬が来て、侑史の「ほたるん」はいなくなる。春が来たら高校生じゃなくなる。今、普通にあるすべてがなくなっている。侑史が大学に行っても、航輝はいないかもしれない。あんなふうに好奇の視線にさらされるより、すっぱり業界一本に絞った方が本人にとっても幸せだという気がした。「芸能人」が「芸能界」に住んでいるのには、相応の理由がある。

……また、航輝のことばかり考えている。もっと打ちひしがれて途方に暮れるはず、いや、べきだと思う。たったひとつの心の拠りどころがいなくなってしまうのだから。今はまだ、現実感がないだけだろうか。ヘッドホンを外して立ち上がると、身体は自然と本日の時間割を合わせようとしていた。

あ、すごい、俺、学校行く気だ。

身体の外から自分を見下ろしているような気持ちになる。だって、芹沢が普通に通いたくても通えない学校。羽山くんだって、心配してくれた。その思いがほたるんから届く「頑張れ」のメールよりずっと強く侑史の背中を押してくれていることに気づいた。

何だ、ちゃんと拠って立つ足場ならあるんじゃないか。それも全部、航輝がくれたもの。ふしぎな兄妹、と改めて思った。片方は侑史を安らかに留《とど》まらせてくれて、片方は立ち上がらせて手を引いてくれた。手の届かないふたつの星。同情だっていいんだ。航輝のおかげで前と同じにはならなくてすむ。先のことは何も分からなくても、とにかく歩き続けなきゃ。

電話してきた時、航輝の後ろはざわざわしていた。また仕事中だったのだろう。忙しいのに心配してかけてきて、必要もない謝罪をして。

一方的に切ったことが急に申し訳なく感じられ、侑史は携帯の電源を入れ直した。メール、メール一本だけ、ちゃんと学校に行くから、と打てばそれで伝わるだろう。もう航輝に、自分のことで心配をかけたくなかった。

起動すると、メールのアイコンには未読を示す「1」の数字がくっついていた。航輝だろうか。心の準備なく新着メールを開いて、凍りついた。

『久しぶり。いつから学校来てたの？　元気そうで安心したわー』

不自然な改行が延々と続き、末尾に『今度は芸能人狙ってんすか?』明るく笑う絵文字がその後に何十個も連ねられていて、そのちかちかした動きにひどい目まいがした。

――八木、ひょっとして狙われてんじゃね?

冗談の中に、嘲笑《ちょうしょう》と悪意を念入りに練り込んだ声。

――いや、俺は困るから、そういうの……。

いかにも、無茶ぶりにただ困ってますって感じの、曖昧《あいまい》で人を傷つけないはずの笑顔。

航輝は八木とは違う。

そう、それはたぶん、悪い意味で。


「……侑史?　寝てるの?　もう学校行く時間よ?」

「……行かない」

「具合でも悪いの?」

「違う。でも行かない。もうお弁当作らないでいいから。ごめんなさい。卒業はちゃんとするから」

スリッパの足音は言葉もなく遠ざかっていった。これでいい、のかどうかは分からない。でも侑史にはほかにどうしようもなかった。物理的に自分が学校にさえ行かなければ、変なうわさも立ちようがない。航輝は八木と違うから、このメールの件を知っても侑史を見捨てたりしない、どころか送信者を問い質《ただ》しに行ってしまう。それだけは避けたかった。デリケートな時期、一挙手一投足に注がれる眼差《まなざ》しが好意的なものばかりではないのに、航輝の将来に傷をつけてしまうかもしれないのが怖い。

足りない頭で色々考えた結果、「何もしない」のが自分にできる対処だという結論に達した。何も言わない、何も見ない、どこにも行かない。出会う前に戻っただけだよ、と布団の中で丸くなって自分に言い聞かせる。航輝に会う前の、ひとりで気楽な毎日が戻ってくるだけ。ほたるの卒業特需で露出は一気に増えるだろうし、収集に忙しくなるからちょうどいい。特別な季節を過ごさせてもらったんだ。「私」が「先輩」と過ごした夏みたいに。


一週間ほどして、電話があった。

「はい」

『お前、メールしても返ってくんだけど！』

「……アドレス変えたから」

努めてそっけなく、答える。

『は？　なら教えろよ。おまけに、久々に学校行ったらずっと来てないって羽山が言うから……』

ああ、航輝は忙しく仕事をしていたんだな、よかった、と心から思った。

『どうしたんだよ』

苦情を言うと後は優しい声になる。

『やっぱ、あいつのことがショックだった？』

「うん、色々面倒になったし」

と侑史は答えた。

『は？』

「ほら、俺って元々怠け者だし、ほたるんいなくなるんだって思ったら何をする気もなくなっちゃって……」

『バカ言ってんじゃねーぞ』

かすかな怒気がこもる。

でほしい」

『受験生だろ』

「だから面倒なんだって、もういいよ。用事がそれだけなら切っていい？　ほんと構わないでほしい」

手のひらにじっとり汗がにじむ。顔の見えないやり取りでよかった。

『……分かったよ』

無味無臭の、本当に何の感情も窺えない、合図に過ぎないような一言を残して、呆気なく話はすんだ。携帯は石でできたみたいに重く感じられて、侑史はぽとりとベッドに落とす。

ほたるんの卒業を知った時より空虚な気持ちだった。終わったなあ、と独り言をつぶやけば端々に未練がにじんでいるのが分かった。そんなわけないだろ、何かあるんだろ、言えよ、と食い下がってほしかった。自分で糸を切ろうとしながら、たぐってくれることを望んでいた。本当に馬鹿だ。航輝にとってはこの言い分で「そういうやつなんだ」と納得して見限れる程度の存在だった、それが悔しいだなんて。ヘッドホンをかける。

九月が過ぎ、十月も終わった。卒業を控えたほたるのインタビューがあちこちに載ったが、どれも彼女の内面に迫るものじゃなかった、と侑史は思う。芸能界をやめるのは「もう満足したから」で今後については「今はまだ何も考えていない」。それはうそじゃないんだろう、でも何もさらしていない。最後まで「久保田ほたる」のままで消えていこうとしている。

コンビニに行くと、航輝がいた。レジ横に積まれた雑誌の表紙に。見た瞬間、胸が締めつけられて痛かった。単純に誇らしい気持ち、賞賛の気持ち、何か学校でいやな目に遭ってないかな、という心配。でも自分なんかが思うまでもなく航輝は人から褒められるし、重圧も雑音も自分で引き受けて歩いていけるのだ。

そういう諸々《もろもろ》よりただ利己的に会いたい、と思った。会って、一緒にバスに乗って、食堂で昼を食べて。航輝とそんなふうに普通に過ごせる時間は、人生で今しかなかったのに。家に閉じこもることによって何とか麻痺《まひ》させていた心が、不意に姿を見てしまったせいでどんどん溢れ出してきてしまう。

侑史は何も買わず、逃げるようにコンビニを後にした。ほたるんが卒業したら、もうテレビもネットもしない。だってきっと航輝の顔や名前が飛び込んでくるから。そのうちに電車の吊り広告や街角のポスターでだって出会うかもしれない。それで、その都度こんなに苦しくなって、好きなんだって思ってしまう。

そうだ、好きだ。

「先輩」でも「ほたるんの兄」でもない航輝が。

好きだからもう、一生会わないような遠い国に行ってしまいたいとすら思う。泣きそうになって、唇を噛み締めてぐいぐい歩いた。呼吸がうまくできなくて、家に着く頃にはすこし息が上がっていた。

門の前でふう、とうなだれて深呼吸し顔を上げると、門柱の影からさっと腕が伸びて、侑史の手首を摑んだ。もう長い間着ていない、制服の袖口がまず目に入る。


「……芹沢」

「散歩？」

二ヵ月のブランクなどなかったようにフランクに声をかけると、航輝は「入れてくれよ」と空いた手の親指で玄関を示した。二次元だけでも相当に動揺したのに、いきなり立体で出現されたらたまらない。侑史はぽかんと地蔵になっていた。

「おい」

航輝が手首を軽く揺さぶる。

「何か言えって」

芹沢の言葉だ、そう思った途端鼓動は雪崩《なだれ》を打ったような勢いで加速し、侑史は「あ、あ」と上ずった声を洩らした。

「落ち着け」

手首の次は指先をきゅっと握られて、冷静になれるはずもない。

「な、なに、なに、何の用」

手ぶれを起こした映像みたいに自分の全体がかくかく振動している。

「それを言いたいから家に上げてっつってんの」

ごくん、と大きく唾《つば》を飲み込んで、手を振り払う。

「……やだ」

「やだじゃねえよ」

「いやだ」

「一文字増えただけじゃねえか」

「か、構わないでって言った」

こうして向かい合っているだけで足がふるえないか心配なのに。顔も姿も声も、暗闇から
いきなり真昼の空の下に連れ出されたぐらい強烈な刺激だった。

「言うこと聞かなきゃいけない決まりはねーだろ」

「分かったたって言った」

「有効期限があんだよ」

離れた手をもう一度摑む。今度はぐっと強く。

「いーから入れろ。あんまぐだぐだ言うとここで大声出すぞ」

侑史は観念した。どこで誰の目が光っているか知れない。

「分かったから、静かにして」

と鍵を取り出した。部屋に入ると航輝は、初めて来た時と同様にきょろきょろ周囲を眺め回し「妙に懐かしーな」とつぶやく。

「お前、入試どうすんの。センターの出願もう終わったぞ。一般で受けんの?」

「……芹沢には関係ないよ」

「へえ」

ぴたっと視線が定められると、照準を当てられた気分で軽くすくんだ。

「よ、用事ってそのこと?」

「いーや」

一歩、侑史の方へずいっと踏み込みながら航輝は言った。

「俺も最近、欠席とか遅刻早退ばっかだったんだけどさ、きのう、久々にフルで登校してたら昼休み、よそのクラスの男がにやにやしながら近寄ってくんの」

侑史は無意識にじりじりと後ずさっていた。椅子のキャスターにかかとがぶつかったけれど、その痛みも感じない。まさか。まさか。

「何だこいつらって思ったら、『きょうは早瀬と一緒じゃないの?』って訊くんだよ。それがすげーやな感じで『はぁ？』ってにらんだんだけど」

続きを、すこしためらった。その間でもう、自分の最悪の予想は当たっているのだと知る。

「『食われないように気をつけた方がいいよ』って……どういう意味？」

「知らない」

反応は即座すぎて、知ってますと言っているようなものだった。

「うそつけ。……お前が学校来なかったのってあいつらのせいなんだろ？　一年の時も、今も」

「芹沢には関係ないってば」

「じゃあ何で俺がちょっかいかけられてんだ」

「ごめんなさい」

「だからそういうことじゃねえだろ」

言え、と航輝が両肩を摑んだ。

「お前が言わなきゃあいつらに訊くしかねーよ。でも俺はどうしても早瀬の口から聞きたい」

「何で？」

「何が」

「変なのに絡まれただけだって無視すればいいのに。芹沢、そういうスルー慣れてるじゃん。何でわざわざうちまでくんの」

「馬鹿かお前」

航輝は声を荒らげる。

「俺がお前のために何かしたいって思うのに、何でいちいち理由がいるんだよ」

強い瞳に、もう逆らえなかった。

「……一年の時、同じクラスで、よく八木と一緒にいて……」

「八木って、球技大会ん時のやつか？」

頷く。元々、友達の多い方じゃなかった。高校には知り合いと呼べる間柄の人間すらおらず、周りは急に誰も彼も大人になったような気がして、なかなかなじめなかった。そこに声を掛けてくれたのが八木だった。ルーズリーフを切らしてまごついている時に分けてくれたとか、そんな些細《ささい》なきっかけだったと思う。教室移動や昼休みに誘ってくれて、侑史はひとりを持て余さずにすんだ。

クラスの中でも人望の厚かった八木というパイプができたことで、何かのお墨つきをもらったみたいにほかの同級生からも何くれとなく話しかけられるようになる。あの変化はふしぎだった。侑史自身は何も変わらないのに、「人気者」が近くにいるだけで磁石につられるようにして自分の値打ちも上がる。

もちろん調子づいた覚えなんてなくて、むしろ恐縮するだけだったが、それでも八木の周りにいるたくさんの友人の中に、侑史をうっとうしいと思う者もいたのだろう。後々それを思い知った。

——早瀬といると落ち着く。

たまにふたりだけになると、八木はよくそう言った。

——何で？　俺なんか面白いことも言えないし、皆の話についていけないし、つまんないと思う。

半ばは社交辞令に違いないと思いつつもそう答えると「そういうことじゃなくて」と真顔でかぶりを振った。

——素を出せるっていうか……しゃべって間を保《も》たさなきゃとか、ああしなきゃこうしなきゃって焦らなくていいんだ。

その心境を正確に推し量ることはできない。でも、勉強もスポーツも何でもこなしてしまう級友にも本人なりの悩みというのはあるらしい、とちょっと親近感が湧いた。八木のようにはなれないけれど、自分の存在が多少なりとも八木のプラスになっていると思えるのは嬉しかった。

三学期、初めて、八木を家に招いた時だった。普通に漫画を読んだり、八木が持ってきたプレミアリーグのＤＶＤを観たりして、何ということもなくのんびりと過ごしていた。あの瞬間まで、ほんとうに自分たちはただの友達同士でしかなかったと思う。

——早瀬。

——なに？

隣に座る八木に顔を向けると、キスをされた。本当に、突然としか言いようがなかった。目を見開いたまま一時停止していると、八木が「ごめんな」と申し訳なさそうにつぶやき、一気に罪悪感が込み上げた。八木は何も悪くないのに、一緒にいてくれたのに。誰も八木を悪く言う人間などいないのに、謝らせてしまった。それで侑史は慌てて「何で」と取りなした。

——謝らないで、別に、そんな……。

何と言えば八木の気持ちが楽になるのか分からなかったが「ありがとう」と笑ってくれたので、ほっとした。それ以上の展開は何もなかったが、時間が経てば経つほど「八木にキスされた」という事実はじょじょに侑史の中で比重を増していって、ふたりの時もそうでない時も自然に振る舞えなくなった。目が合うと逸らしたりうつむいたり、かと思えば横顔をじっと見つめたり。特別な関心、というのを隠すすべを知らなかった。それが第三者の目にも明らかだなんて分からなかった。子どもで、愚かだったのだと思う。

ある日、昼休みの途中、ちょっとした用事で職員室に呼ばれて教室に戻ると話し声が聞こえた。ついさっきまで自分がいた環の中から。

——早瀬さ、やばくね？　最近お前見る目つきとかが。

え？

今、確かに俺の名前だった。扉の前で侑史は立ち尽くす。

——八木、狙われてんじゃね？　どーするよ、食われたら。

——いや、俺は困るから、そういうの。

いちばん耳を疑ったのは八木のその台詞だった。教室に入ることもその場から逃げ出すこともできずに棒立ちのままでいると、笑っている級友——と思っていた相手——と、扉の四角い窓越しに目が合った。視線につられて八木も侑史を見ると、ただ困惑げに笑ったのだった。

それを見た瞬間、弾かれたように走り出した。「頭が痛い」と保健室で時間を稼ぎ、五時間目が体育の授業だったのを幸い、荷物をまとめて脱走する。たまたま携帯を忘れている日でよかった。覚束ない足取りで家に着くとひどい疲れを感じた。何があって、自分がどう思っているのか冷静に振り返る余裕はなく、ただベッドに潜り込んで、眠った。

目が覚めると真っ暗で、時間を確かめるだけのつもりでテレビを点けた。女の子が映っている。何度か見たことのある、確か、アイドルグループの——。

——ええと、他のメンバーの皆さんにアンケートを取ったところ、ほたるんの泣いたところを見たことがない！　っていう声が多くてですね……泣かないの？

泣きますよ、と「ほたるん」は答えた。色が白くて、でもそれ以上に、何でだろう、この子の周りだけ特別な照明がたかれているようにきらきらしている。

――家で、ＤＶＤ観て、この間もお母さんとティッシュ抱えてぐずぐす泣いてました。

――でもカメラの前では泣かない？

――アイドルは泣いちゃ駄目です。

「ほたるん」はにこにこしながら、きっぱり言う。

――私の仕事は、笑顔でいること。

――ホントは、ロボットだから泣かないんでしょ？

――違いますよー。

揺らぎのない笑顔。確かに、人工物めいてはいた。でもお人形だとして、それを決断し、役割を命じているのは、他の誰でもない彼女自身だと思えてならなかった。

――では、歌のスタンバイをお願いします。

「ほたるん」がステージに立つ。他のたくさんの女の子を従える位置。何にも知らない侑史にも、その場所が指定席だと分かった。誰かと並ぶ構図は想像できない。歌が始まるとますますそう思った。「仕事です」と言い切った笑顔。この声もダンスも、皆等しく「仕事」だろう。でも何て、迷いがなくて堂々と力強くてかわいいんだろう。侑史は生まれて初めてひとりの女の子を、はっきり「かわいい」と意識した。

歌が終わり、「ほたるん」が深々と腰まで折るきれいなお辞儀をした時、自分が泣いているのに気づいた。昼間の出来事が追いついてきた。

それなりに会話も成り立つ関係だと思っていたクラスメートから実は疎んじられていたらしいこと。八木が一言のフォローもなく、彼らの揶揄《やゆ》から自分だけを守ったこと。いつもの、侑史の知っている八木なら「そんなんじゃないよ」とか「そんなこと言うな」と言ってくれたのに、あの時の「ごめん」はつまりそういう意味だったのか？　勘違いしてくれるな、と。

恥ずかしさや情けなさやみじめさや、様々なものが込み上げてきて床にうずくまって泣いた。脳裏にはさっき見たあの子の姿だけが星のように輝いていた。次の日から、学校に行くのをやめた。


話を聞き終えると航輝は「携帯貸せ」と手を突き出した。

「な、何で？」

「どー考えても八木っつーのが悪いんじゃねーか。周りでごちゃごちゃ言ってくんのは置いといて、取りあえずそいつに文句言う」

「駄目だよ」

「何でだよ。このままじゃお前、単なるやられ損だろ！」

「や、やられてない」

「卒業まで逃げ回んの？　学校来ずに？　何も悪いことしてねーのに？　おかしいだろ」

うん、と侑史は言った。

「俺は、おかしい」

「バカ、そういう意味じゃ……」

「俺がおかしな態度取ったから、八木だってああ言わざるを得なくて……もっとうまくやれたらよかったんだ」

「あのな、そうやって自分が悪い悪いって言ってんのって責任じゃねーぞ、単に楽な方に逃げてるだけだぞ」

「……でも、本当に、八木のことを悪く思わないし、責めたくない……バカって言われたらそうだけど、八木は俺に声かけて、ずっと優しくしてくれてたんだよ」

航輝は派手に舌打ちした。

「じゃあいいよ、学校で俺が文句言うから」

「駄目だ！」

つい大声を上げて航輝の腕を掴んだ。航輝が関われば関わるほど、臆測を裏打ちしてしまう。

「絶対やめて、そんなことされるぐらいなら、俺は学校辞める」

「おい」

「言ったじゃん、楽しく過ごしたいって。俺はそうしてほしいんだよ。だから構わないでほしい。ちゃんと卒業はするから――」

「ふざっけんな‼」

至近距離で怒鳴られた。手のひらにぶるぶると怒りが伝わってきた。ただ、うまく言葉にはならないのか「あー！」と動物みたいな声を上げて頭をがりがりかきむしる。

「男見る目がねえんだよバカッ！　そうやって一生、俺が悪いって引きこもってろ！」

やりきれないように部屋の壁をがんっと拳で一発殴って、航輝は出て行った。ほたるのポスターが見事にそこだけひしゃげた。穴が空いていないか確かめながら、怒りようの航輝らしい子どもっぽさにすこしだけ笑ってしまった。

男見る目がない、か。

そうでもないと思うんだけどな。ポスターのしわを伸ばしながら思う。


十二月の初め、ポストを覗いたらクリアファイルがひとつ、放り込まれている。中を見る

と期末試験の日程と範囲、それにノートのコピーが入っていた。思わず辺りを窺ったが、誰もいない。簡潔かつ要点の分かりやすい内容と、几帳面な字。差出人の心当たりといえば久住しかいなかった。わざわざ、届けに来てくれたのか。唐突に学校に来なくなった侑史をどう思っているのだろうか。航輝から何も聞いていないのか。

それよりまずお礼、お礼言わなきゃ。あたふたと携帯を取り出してそもそも連絡先を知らなかったのを思い出した。でも久住も侑史の住所なんて把握しているはずもないし、航輝と同じ学区出身だから近所なわけもない。わざわざ人に訊いて、来てくれたのだろうか——担任か、あるいは航輝に。一筆の伝言もないのがらしいといえばらしい。

翌日は昼から、部屋の窓辺に立って玄関を見下ろしていた。ノートのコピーは全教科じゃなかった。ひょっとすると範囲を終え次第、他科目も持ってきてくれるつもりなのかもしれない。ありがとうの後は何を言えばいいのか分からなかったし好意に期待して待ち伏せというのも情けない話だが、それしか方法が思いつかなかった。

四時を回った頃だった。塀と庭木のせいで全身は見えないけれど、人が門のところへ近づいてくる。頭と、ブレザーの肩。侑史は部屋を飛び出した。スニーカーに足半分だけ突っ込んで扉を開け、短い距離を駆ける。

「あの！」

「わっ……」

ちょうど来訪者とかち合った。でもそれは、久住じゃなく、羽山でも航輝でもなく。

「八木……」

「……びっくりした」

八木の指はインターホンにかかっていた。呼び出そうとした瞬間、侑史が急襲したかたちになったようだ。

「ごめん」

こっちだって同じぐらい驚いているが、つい謝ると「いや」と慌てて首を振った。

「鳴らそうか、さっきまで迷ってたから……出てきてくれてちょうどよかった」

「……上がる？」

「いや……」

何度か、ためらったようにうつむきがちの視線で左右を掃いてから八木は一度ぐっと唇を引き結んで深々と頭を下げた。

「ごめん！」

「え？」

「あいつら、またお前に何か言ったんだろ？　それで学校来なくなってたんだろ？　こんな大変な時期に……ほんとごめん。何て言っていいか分からない」

侑史にとって問題はそこじゃなかった。思わず詰め寄る。

「芹沢が何か言った？　お願い、何か言われたとしても、誰にも言わないで」

思いきり切れてたらどうしよう、人前だったりしたらどうしよう……最後に会った時の怒り方を考えると悪い想像ばかりが膨らんだ。八木は顔を上げ、悲しそうな目で侑史を見る。

「言わないよ。……信じてもらえないかもしれないけど、絶対言わない。それに、早瀬が心配するようなことにはなってないから。廊下ですれ違った時にぼそっと『あいつに謝れよ』って言われただけで」

「そうなんだ……」

すこしだけほっとした。

「俺、お前がまた不登校になってたの知らなくて。それで、そういえば最近全然見かけないなって思ったから、あいつらに聞いたら、ちょっとからかっただけみたいなこと言うから……」

つらそうに顔をゆがめる八木を見たら、航輝にはバカだと言われるかもしれないけれど、やっぱり腹は立たなかった。

「俺、あの人たちに何かしたかな？　嫌われて仕方ないことしてたんなら、そう教えてほしかった」

「してないよ。早瀬は何も悪くない。ほんとに、悪気がないわけないけど軽い気持ちだったと思う。早瀬が学校に来なくなって、最初は皆びびってた。やばいなって感じてたと思う。

でもそれを口にしたやつが悪者になるような空気で……だからどんどん『早瀬がおかしい』っていう方向に固まらざるを得なくて……ごめん、何度謝っても許されるわけないけど、全部俺が悪い。もう、手遅れだけど、話したから」

「え？」

「早瀬をそういう目で見たのは俺の方だって。早瀬はそれに戸惑ってただけだって……」

「そんなのいいのに」

と思わず言った。進級してからも登校しなかったのはずるずる怠けぐせがついてしまったという理由も大きかったし、何も悩んで泣き暮らしていたわけじゃない。

「今度は、八木が何か言われたらどうするんだよ」

「大丈夫だよ、気まずい顔してたけど、最初っからそう教えてくれれば……って言われた」

「友達だもんね」

侑史にはそうじゃなかっただけで。一般人だって、色んな顔を使い分けるのだ。八木と侑史で差をつけられたからって、それを恨む気にもなれなかった。

「よかった」

と心から言えた。

「早瀬の笑うとこ、久しぶりに見た」

八木も笑うと、一瞬くしゃっと泣きそうになったが、何とか踏みとどまったようだった。

「そういうとこが好きだったんだ……穏やかで、人を悪く言わない早瀬が。あの時、びびって逃げなきゃよかったってずっと後悔してた」

「うん」

と侑史は頷いた。わだかまりはない。謝るのには勇気が要る、航輝がそう言っていた。八木が自分のために振り絞ってくれた勇気を受け容《い》れて、終わりにしよう。

「仲良くしてくれてありがとう。もう大丈夫だから。俺も忘れるから、八木も忘れて」

「……分かった」

八木がいなくなると、家の中には戻らず、ぼんやりと門柱にもたれていた。上着を羽織っていないので寒いには寒かったが、頭だけのぼせたようにぼうっとなっていたから却って気持ちよかった。鼻先を冷やして通り過ぎる風には乾いた木のような香ばしさがある。冬がくる、と思った。

そのまま三十分ほど経った頃、今度こそ久住が近づいてくるのが見えた。侑史に気づくと、「お」という表情にはなったものの、笑うでも足取りを速めるでもなくそのまま歩いてくる。

「風邪引くんじゃないのか」

まったく通常運転の第一声にちょっとおかしくなりながら「平気」と答えた。

「きのうも、ノート持ってきてくれたんだよね。ありがとう」

「大した手間じゃない」

「ごめん、ずっと黙って休んでて」

「俺に不利益が生じたわけじゃないし」

取りつくしまもない反応だけど、こういう性格だともう分かっているから、縮こまったりしない。

「えっと……羽山くんと芹沢は元気にしてる？」

「気になるんなら来たらどうだ」

「うん」

侑史は素直に答えた。

「あしたから行く」

「航輝はお前と大差ないぐらい休んでるけどな」

何でも、ＣＭを撮った監督に気に入られて、映画の話が進行しているらしかった。ぴったりはまるキャストが見当たらず、塩漬けになっていたプロジェクトがやっと始められるというので、何もかも急ピッチなのだと。それを聞いてもふしぎと焦燥も苦しさも起こらなかった。こうやって航輝はこれからの人生を歩んでいくのだと、たぶん本人よりはっきりと確信しただけだった。頑張れ、と届かなくても思う。

「……久住くんが来てくれたのは、ひょっとして芹沢から何か頼まれた？」

「俺はあいつのパシリじゃないし」

「だよね」

「ああ、ほっとけ、とは言われた」

「そっか」

「でも」

「でも？」

「航輝がわざわざそう言ってくる時って、大概反対の意味なんだよ」

じゃあ、とクリアファイルを差し出して久住も帰っていった。その夜、侑史は両親の帰りを待って、学校に行かなかったことを詫《わ》び、またちゃんと登校する旨を誓って、大学に行きたいです、と頭を下げた。父親はネクタイも解かずに「お前がそう言うんなら」と言った。

「ただ……今まで、ただ行きたくなくて休んでたわけじゃないんだろう？　また不登校がぶり返してたってことは、解決してない悩みがあるんじゃないのか」

「ほんとにもう大丈夫」

侑史はまっすぐ目を見て言った。

「今度こそ。それに、支えてくれる友達もいるから」

翌日、学校に行くと羽山は五月と同じに、普通の調子で「おはよー」と言ってくれた。航輝はいなかった。期末テストの間もずっと。八木の件で一言、メールだけでもしておくべきかと思ったがこっちはアドレス帳を残らず削除してしまっている。向こうは侑史の電話番号を知っているが、かけてこないのは忙しいのかその気がないのか。

期末の最終日、久住に「あしたって空いてる?」と尋ねられた。

「うん」

「夕方、ちょっとうちに来てほしいんだけど」

「え」

「ノートの礼だと思って、理由は追及しないでもらえると嬉しい」

「わ、分かった」

教えられた住所に約束より五分早く到着したものの、侑史は建物の前で困惑していた。確かにここ、のはずなんだけど……。

古びた一軒家の一階部分は店舗になっていた。しかしシャッターが閉まっているし、一階と二階の間から突き出た看板には手書きっぽい文字で「スナック夢」とある。夜になってネオンが灯《とも》ると、何だかますますうらぶれたというか、もの哀《がな》しい雰囲気になりそうだ。久住のイメージとまったく結びつかない。え、でも自営業とか前に言ってたような……。

シャッターってノックしていいのかな、それとも電話で確かめるべきか。まごまごしていると「早瀬」と声をかけられた。

「こっち側来てたんだな、ちょうどいい」

久住はコートのポケットから鍵を取り出し、慣れた手つきでシャッターを胸の高さまで上げた。

「あの、ここって」

「俺の家。裏手が玄関になってる」

淡々と答え「入って」と促す。

「きょう定休日だから」

「え、でも」

「いいから」

不可解この上ないが、理由は訊くなと言われている。侑史は身を屈めてそっと扉を押し開けた。中も、外観と変わらない。二時間ドラマのミステリーにでも出てきそうな風情の、絵に描いたようなスナックだった。定休日のはずなのにカウンターの丸いスツールに人が座っていて、侑史を見ると「こんにちは」とちいさく会釈した。久保田ほたるだった。

何の夢かと思う。お化けを見ようがＵＦＯにさらわれようが、今ほどは呆然《ぼうぜん》としない。仮死状態に陥ったように全身の筋肉という筋肉はぴくりとも動かない。

「早瀬、邪魔」

久住はお構いなしに侑史をさらに奥へ押しやり、人形状態の手にシャッターの鍵を押しつける。

「出る時、閉めて。新聞入れから鍵落としといて」

じゃ、と何の説明もないままそのままカウンターの奥、住居とつながっていると思《おぼ》しきドアの向こうに消えて行った。

「え、ちょっと、今だけはひとりにしないで――」

やっと出た言葉に久住は振り向きもしなかったが、ほたるはくすくす笑った。テレビで聞くのと同じ、高く澄んだ声で。

「あ――」

「座らないんですか？」

「あ、はい、はい」

カウンターの一番手前に、ごく浅く腰を下ろした。

「遠くないですか？」

「そう、ですね……」

ほたるとの間に、スツールは三脚。迷った挙句、その中央に座り直した。

「お兄ちゃんの友達、ですよね？」

「は、はい」

航輝がセッティングしてくれた、それは予想がつく。というか他の可能性はない。でも何で？

「あの、芹沢は……」

「久住くんの部屋で寝てます。徹夜だったみたいで――起こした方がいいですか？」

ほたるとふたりきり、か、航輝も交えて三人。何だか究極の選択という気がした。本人が来たかったら眠くても起きてるよな、と判断して侑史は「いいです」と言った。

「あの、すいません。俺、全然話が見えてなくて」

「そうなんですか？　私も、お前のファンがいるからちょっとだけ時間作ってやってって頼まれただけなんですけど」

「ご、ごめんなさい」

コートにマフラーを巻いたままのいでたちから、ゆっくりしていられないのだろうとは察しがつく。アイドル生活大詰め、最後のコンサートも間近。殺人的な忙しさだろうに、申し訳なくて消滅したい。

「いいんです。だって何も知らなかったんでしょ？　私も、ちょっと面白いなって思ったから」

「え？」

「お兄ちゃんがそんなこと言ってくるの初めてだったから。どんな人なのかなって」

わざわざ時間を割いて頂くほどの人物じゃないのは確かだ。

「ごめんなさい」

「よく謝るんですね」

「だって……あ、あの、大丈夫ですか、週刊誌とか」

「お兄ちゃんと一緒に、表玄関から入ったから。昔の友達と遊んでただけって説明すればいいです」

「ああ……」

ほっと息をつき、ようやくすこしまともにほたるの姿を視界に入れることができた。ほたるんだ、本物だ、とただそれだけしか考えられない。生で見たファンの感想は様々だ。リアルの方が断然かわいいという賞賛もあれば、案外普通、雑誌は修整利くからね、とシビアな感想もある。でも侑史には、モニター越しに見つめていた女の子が生身の奥行きや存在感を携えて目の前で息をしている、その迫力みたいなものに圧倒されるばかりだった。いいも悪いもない。ほたるんはただほたるんだ。

「何か歌いますか？」

ほたるが、店の隅にあるカラオケセットを指差した。

「えっ」

「たぶん、そういうつもりで久住くんちにしたんだと思って。ただこっそり会うだけならうちでいいのに」

スタンドマイクとおもちゃみたいなミラーボールが下がった、お粗末ながらステージっぽい一角。いかにも中年の酔っ払いがデュエットをせがんでいそうなこのロケーションで、久保田ほたるが歌う？　恐れ多いというか、シュールにも程がある。

「ただ、ベビブロの曲が入ってなさそうなのと、私そんなに歌上手くないんですけど」

「いや、いえ、いいです、いいです」

ちぎれんばかりにかぶりを振った。

「とんでもないです、そんな」

「別にいいのに……」

店内が静まり返ってしまった。このままでは「何でわざわざ私ここに連れてこられたんだろう」という空気になるのは間違いない。だってそんな、急にご対面させられても話すことなんか、そもそもリアルで会いたいわけでもなかったし。でも航輝なりのはからいだとは分かる。人生でたった一度の機会だ。

「あの」と侑史は意を決した。

「何で卒業しちゃうんですか」

何度となく投げられたであろう問いで、彼女の答えももう「知って」いる。やりたいことを全部やって満足したから、と。でも、ほたるは思いもかけない台詞を口にした。

「誰にも言わないでくれますか？」

「え？」

「くれますか？」

「……はい」

身構えつつ頷くと、いつも見ているのとまったく同じ笑顔で「私、お兄ちゃんのこと嫌いで」と言ってのけた。

ぅえ？ と喉からへんな声が出る。

「うーん、嫌いって言うか、好きだけど嫌い？ 嫌いだけど好き？ そんな感じ」

小首を傾《かし》げる仕草は、ひれ伏したいほど魅力的なのに、発言は信じられない。

「な、何で……？」

そういえば久住も、言っていなかったか。兄妹仲はよくないような気がした、と。

「昔からお兄ちゃんって私のまねするから。野球も水泳も、私が始めてから『俺も俺も』ってついてくるの。弟みたいだねってお母さんは笑ってたけど、ずっといやだった。だって、何でもすぐ私を追い抜いて、あっさり飽きちゃう。やっと五十メートル泳げるようになって喜んでる横で、もう個人メドレーまでこなして一級取ったからやめるわ、って言われる気持ち、分かります？」

「でも……芹沢は男だし……」

身体能力に差があるのは当たり前じゃ、という反論にほたるは「そう」と頷いた。

「だから思ったんです。絶対に、お兄ちゃんにできないことを目指せばいいんだって」

だから、アイドル。

「もちろんそれだけじゃないですけど。……でも、そこにだってお兄ちゃんが来ちゃった」

「芹沢は、アイドルじゃないよ」

「分かってます。でも、ＣＭの撮影してる時、監督がこっそりお兄ちゃんに言ってるの、聞いちゃった」

ほたるがスツールを左右に回すと、金属のバーがきいきい細い音を立てた。

「『芹沢くん、もうすこし抑えて。でないとほたるちゃんがかすんじゃうから』……でも私がもっとびっくりしたのは、お兄ちゃんが当たり前に『はい』って答えて、ほんとに演技の調節をしたことだった。何が変わったって言葉では説明できないけど、ラジオの周波数いじるみたいにして簡単に応えちゃった……その時はっきり分かったんです。今はこの人が『久保田ほたるの兄』だけど、すぐに私が『芹沢航輝の妹』になるんだって。あんなに飽きっぽかったお兄ちゃんの、本当にやりたいことがこれで、私が連れて来ちゃった……。だから早く勝ち逃げしたかった。こんな動機、勝手すぎるって思いますか？　応援してくれた人たちへの裏切りだとか」

「分かんない」

と侑史は正直に答えた。

「でも、勝手だったとしても……勝手にしていいと思う」

「ありがとうございます」

ほたるはカウンターの上で頬づえをつく。横顔を近くで見たら、初めて、鼻すじがすこし航輝と似ているのに気づく。

「お兄ちゃんがスカウトされた時、私、無理だよって言いました。でもそう言ったら、負けず嫌いのお兄ちゃんがその気になるのも分かってて……だから今が嬉しいのか悔しいのか、ほんとはよく分かんない。お兄ちゃんのことがなくても、アイドルなんて長い間やるものじゃないし、最近はババアだ劣化だって平気で言われるし。今は、コンサート終わったらポテチもドーナツも好きなだけ食べて、太ったってニキビ作ったって誰にも迷惑かけないっていうのがものすごく楽しみで――」

ふっと、見たことのない表情を覗かせた。久保田ほたると芹沢ほたるのあわいに存在する、迷子みたいな。でもすぐに彼女は自分を取り戻し、「今まで応援してくれてありがとう」といつもの、美しい一礼をした。

「俺こそ」

と侑史は言う。

「何度もほたるんに救われてた。ほたるんじゃなきゃ駄目だった。きっとそんな人が、たくさんいたと思う」

「知ってる」

とほたるはほほ笑んだ。

「だって、それが私の仕事だから」

別れ際に一通の封筒を手渡された。「お兄ちゃんから」だという。ひとりの帰り道、中をあらためるとチケットが一枚入っていた。

巨大な貝みたいなドームから音楽と歓声が洩れてくる。三日間のコンサートはもうオーラスに近づこうとしていた。ちゃんと開場前から付近にいたのに、結局またためらいが生じてしまって中に入れないまま周りをうろうろしていた。何度となくダフ屋に声をかけられ、入場前から涙しているほたるん推しの連中とすれ違い、侑史はぐるぐる歩き続けていた。

見たら終わってしまう、そんな強迫観念みたいなものに駆られてどうしてもゲートに向かえない。見なくたって、泣いても喚《わめ》いても今夜が最後のほたるんなのに。売り切れ続出ですかすかになった物販テントを通り過ぎドームの明かりが空と溶け合う端境を見上げる。にじむ光。

電話が鳴った。

「……はい」

『来てる？』

「ううん」

『まあ、そんな気はしてた』

航輝は怒らなかった。電話越しにアンコールの大合唱が聞こえる。

「芹沢は、いるんだ」

『そら最後だからな、アリーナの特等席だよ。スポンサーとか代理店の人とかがつまんなそーに見てた。ま、向こうも仕事だもんな』

「うん」

『早瀬』

「なに？」

来いよ、と航輝は強い口調で言った。

『俺の妹、かわいいから。きょうがいちばんかわいいから、お前に見てほしいんだよ』

うん、と侑史は答えた。

「すぐ行く」

まただ。またこうして、侑史が迷ったら航輝が道をつくってくれる。ずっと遠くにいるはずの航輝が。

走ってもいいのかな。

追いつけなくても、走っててもいいのかな。

場内に入ると、びっしりとひしめくサイリウムの明かりに圧倒された。ほたるの、黄色。その群れの真ん中に、真っ白いチュールドレスを着たほたるが立っている。大きなスクリーンに映る顔には汗がびっしり光っていた。こめかみに張りつく髪を剝がしながら「アンコールありがとうございます」と言うと、地響きみたいな歓声とともにサイリウムが揺れる。

『実は私、お兄ちゃんがいるんです、知ってました？』

知ってるー、とほうぼうから声が上がる。

『あ、ほんとですか？　ありがとうございます』

何で急に兄トーク？　座席を探すこともできず、侑史は最後方のスタンドからはらはら見守っていた。この間の卒業秘話、気が変わって披露しますだったらどうしよう。航輝に殺害予告が届いてしまう。

『小学校六年生の時、オーディションに応募するためにこっそり履歴書を買いました』

心配をよそに、ほたるは落ち着いた口調で話す。十代の女の子がこれだけの衆目の中、当たり前みたいにしゃべっていること自体よく考えるととてつもない度胸だ。

『でも、出そうかどうか迷っているうちに〆切がきて、夕方になっちゃって。本局っていうんですか？　あの、おっきい郵便局行ったらまだ開いてるなって思ったんですけど、遠いし、もう暗くて怖いから諦《あきら》めるつもりでした。でも、お兄ちゃんがついてきてくれました。私が何を出すか全然知らなかったと思うんですけど、遠い方の郵便局行きたいって言ったら、じゃあついてってやるって……あの時の夢を、最近よく見ます。別に仲良くしゃべったりはしてないんですけど、ふたりで並んでてくてく歩いてる。お兄ちゃんがいなかったら履歴書を出せなくて、私は今ここにこうしていなかったかもしれません。でも違うルートでやっぱりきょうっていう日に辿《たど》りついていたかもしれない——あ、ごめんなさい、別にオチはないです。

何となく思っただけで……歌います、最後の曲です』

八木のことがなければ、ほたるに何の興味も持たなかったかもしれない。不登校にならなければ航輝が家に来ることもなく、航輝がほたると兄妹じゃなければあんな交流も生まれなくて。

たぶん、この会場じゅうのサイリウムからたったひとつを選び出すのより難しい巡り合わせで自分たちは今、ここにいる。

総立ちの観客。ステージ中を駆け回って歌い、踊るほたる。

ジャンプした拍子に、胸元から何かが飛び出した。首から紐でぶら下げられたそれがスクリーンに大映しになる。

侑史が航輝に渡した「健康」の御守。

噴きこぼれるように涙が出る。きょうのＤＶＤが発売されても、絶対に買わないだろう、と思った。記録が記憶の邪魔になる時だってある。この目で見たままの光景だけをしっかり焼きつけておきたかった。大人になっても、絶対忘れないように。

五分足らずでほたるが歌い終わり、演奏の余韻がすっかり止んでも熱に浮かされたようなコールは続いていた。「やめないで」と悲鳴のような懇願。

ほたるはぐいっと汗を拭うとステージの端っこに駆け寄り、なぜかグローブとボールを受け取る。手渡し主はモニターから見切れていたけれど、侑史にはそれが航輝だと思えてならなかった。

満員の聴衆の注目など痛くもかゆくもないと言いたげに自然な仕草でほたるはグローブを装着し、何度かボールを叩きつけて感触を確かめる。髪型やメイクや衣装にてんで似つかわしくない使い込まれた感じの用具は、ふしぎとしっくり映えていた。周りも同じ思いなのか、どうやって収拾をつけるんだろうと危ぶんだほどの、怒号に近い喝采《かっさい》が潮のように引いていく。

そのタイミングを待っていたみたいにほたるは大きく深呼吸するとエプロンステージの突端まで出てきて、しなやかなフォームで振りかぶるとボールを放った。

女の子の球とは思えないほどきれいに、高く遠く弧を描いてアリーナの彼方に落ちていく。あのＣＭで見せたへろへろのキャッチボール姿からは想像もつかない、美しい投球だった。恥ずかしい話、侑史はあんなに飛ばせないだろう。

落下地点で「わあっ」とちいさなさざめきが立つ。

『……へへっ』

ほたるは弾けるような笑顔を見せる。今まで決して表に出さなかった、「芹沢ほたる」の無防備な笑顔だった。

そして、ぴょこっと拙《つたな》いお辞儀をするとバックステージへ走って、消えた。それからまたアンコールの声は起こったが、誰もが理解していたと思う。「ほたるん」はもうどこにもいないのだと。

やがて照明が一斉に灯り、「本日の公演はすべて終了しました……」というアナウンスが流れ出すと、数万人の観客はめいめいに帰り支度を始め、座席から通路へ、通路からゲートへ、ゲートから出口へ、出口から現実の世界へと流れていく。よかった、よかったとむせび泣いているファンもいれば、「けろっとしすぎ」と不満げなファンもいた。

侑史はひとり、手すりを握って立っていた。紙コップ、他のコンサートのチラシ、サイリウムに紙テープや紙吹雪。祭りの後の残がいを見つめたまま。

そして人の姿がまばらになると、着信履歴を参照して発信ボタンを押した。

『おう』

「見てたよ」

『そか』

「今、どこ？」

『楽屋行ってた』

「どうだった？」

『どうだったって、ほたるか？　何か知らんけど号泣してるから、うわって思って出てきちゃった』

知らんわけないだろうに。でもこうやってところどころ大雑把《おおざっぱ》なのが航輝の面白いところだと思う。ほたるが、誰にも邪魔されずに六年分ちゃんと泣けていますように。

「芹沢」

『うん？』

「ありがとう」

そんな言葉では足りないけれど、それを言わなきゃ始まらないから。

『何もしてねーけど』

「うそだ。芹沢が全部してくれた……」

半年前からの出来事を順々に思い出しながらそう言うと、止まっていた涙がまた流れ出す。

お前まで泣くなって、と航輝は本気で困った口調だった。

『どうしていいか分かんねーから普通にテンション下がる』

「ごめん」

しゃくり上げる喉をなだめながら、侑史は話した。

「俺、ちゃんと学校行ったから……大学も創志大受けるから。芹沢と一緒に、大学生になりたい」

『おう』

とやたら神妙な声が返ってくる。

「それで……それで、こんなこと言われても困るだろうけど、できればこれからも普通にしゃべってほしいんだけど——……俺、俺、」

『お前、腹減らね？』

一世一代の告白はとてものんきな質問に遮られ、未遂となった。

「あ——……？　あんまり……」

『なこと言うなよ、俺は減ってんだよ』

会おうぜ、と侑史の言いかけた言葉について尋ねることもなく航輝は言った。

落ち合ったのは会場から数駅離れたホテルだった。部屋番号を指定されたのでフロントの前を通ってエレベーターに向かう時、怒られないのかなとびくびくした。親なしでホテルに泊まったこともない子どもだから。

部屋の前でもう一度携帯を鳴らすと、細くドアが開いて航輝が顔を覗かせた。

「お、割と早かったな。電車、混《こ》んでたか？」

「もうだいぶ空いてた」

「入れよ」

中は普通のツインルームでちょっと安心する。

「何だよ」

「え、何かゴージャスなスイートルームだったらどうしようと思って」

「うちの親そんな気前よくねーよ」

「事務所の人が取ってくれたんじゃないの？」

「違う違う。コンサート終わってから家まで帰んのだりいっつったら、じゃあクリスマスプレゼント代わりね、だってさ。何か損した気分……座れば」

「あ、うん」

お腹空いてるんじゃなかったっけ、と思いつつコートを脱いで、ライティングデスクの椅子に腰かける。

「いやそこじゃねーだろ」

「え」

航輝は自分が座っているソファの片側をばんばん叩いた。いや、そこ、二人用だし、さっきスルーされた身としては微妙に気まずいんですけど。しかしためらっていると「早くしろって」と急かされてしまったので「お邪魔します」となるべく肘《ひじ》かけ寄りに座った。

「あのさ」

「はい」

「はいじゃねーよ」

「う、うん」

「俺はずっと考えてたんだよ」

黙っていると「何をって訊けよ！」と怒られた。

「いや、口挟まない方がいいのかと思って……何を？」

「『先輩』の気持ちについて」

「は……？」

侑史のはかばかしくない反応に「まさかお前忘れてんの？　自分で訊いといて」と眉をひそめる。

「わ、忘れてないけど」

ついていけないだけだ。

「何で告られそうになって、逃げたのかっていう……あれな、思ってさ」

「……何を？」

合いの手を、今度は間違えなかったらしい。航輝はよしよしと言うふうに頭をかき回し、続けた。

「単に自分から言おうと思ってただけなのかも」

「え？」

「俺の計画っていうかシチュエーション、みたいなのがあったのにいきなり言おうとするからおいおい、待てよと……」

「あー、なるほど。だからかあ」

「納得したか？」

「うんうん」

というところで、いよいよごはんを食べに行くのかな……？　次の行動に備えて待っていると、何やら航輝の顔はまたむっとした雲行きだ。

「うんうんってお前、それだけ？」

「え？　……ありがとう、わざわざ考えてくれて」

「お前はこれから早瀬馬鹿に改名しろ。タコでもいい」

「な、何で⁉」

「こっちが訊きてーわ！」

と航輝は高い天井を仰いで叫んだ。

「お前な、さっきからの電話の流れで、今こうしてて、普通分かんだろ⁉」

「へっ……？　え、ええ……？」

さっきはぐらかしたのはわざとってこと？　でも、それじゃあ、まるで——。

「せ、先輩の話だよね？」

「先輩は俺じゃん」

「でも俺はあの子じゃないし……」

「当たり前だ」

「うん、えっと、だから……」

「あーもう……」

全然うまく行かねー、と勢いよく立ち上がり、呆れて出て行ってしまうのかと思いきやドアと反対方向、窓の方へずかずか歩いていく。カーテンを開けると外はまばゆい都会の夜景で、さっきのステージを思い出させた。

航輝はその眺望を背に「好きなんだよっ」と投げつけるように口にした。

「俺は、お前が好きなの！　……どうよ？」

「ど、どうよって？」

「クリスマスで、夜で、ホテルで、夜景だよ、完ぺきじゃん俺。お前、これで落ちなきゃ男じゃねーぞ」

完ぺきどころか間違いだらけだと思う。

でも侑史は「落ちます」と答えた。

「俺も好きです」

「よし、お前は男の趣味が最悪だと思ってたけど、見直してやる」

そして侑史のところに戻ってきて、手を差し出した。侑史はやっぱりためらってしまう。

航輝は「迷うな」と言う。

「……難しいよ」

「お前の心配ぐらい分かってるよ。でも好きなものがふたつあって、ひとつを絶対に諦めなきゃなんないっていう理屈が俺には分かんねー。仕事は仕事で、お前はお前。全力でうまくやるから、お前も頑張れ」

「何を頑張ったらいい？」

「そりゃ、忙しくて会えない時もあるし、他の女と恋人の役もするし、友達のふりしなきゃなんないし、色々だよ」

「……芹沢は、それでいいの？」

俺でいいの？

「いいっつーか、自信はあるよ。俺、こう見えて結構演技上手だからさ」

「……仕事だもんね」

「おうっ」

航輝は顔じゅうで笑う。最後に見たほたると、そっくりだと思った。侑史はぎゅっと航輝の手を握った。

「頑張る。最後まで」

最後、って何だろう。航輝が心変わりするまで？　侑史が心変わりするまで？　ひょっとしたら死ぬまで？　来春の身の上さえ分からないのにそんな途方もない想像をして、でも不安じゃなかった。自分がどこかに行くこと、何かが訪れてくること、そのどちらもが楽しみだと思えた。

頑張ろう。逃げ出さずに、投げ出さずに、抱え込まずに。

「よっしゃ」

航輝は侑史の手を引っ張り上げて立たせると、そのままベッドに連れて行った。

「え」

「お前、相変わらず靴紐の結び方がおかしいな」

ぽいぽい脱がして床に放ると、自分も裸足になって乗り上げてくる。

「ご、ごはんは？」

「終わってからルームサービス取る」

「この部屋、お父さんとかと一緒じゃないの？」

「何でこの年になって親と同室なんだよ。親父《おやじ》とお袋は隣。あいつの打ち上げに出てあいさつとかして回ってるはずだからまだまだ帰ってこねーだろ」

説明しながらもう、航輝は次々に服を脱いでいっている。

「あ、あの」

「大丈夫大丈夫」

意味不明に請け合って「きょうの俺には秘密兵器がある」とサイドテーブルの引き出しを開けた。備え付けの懐中電灯の隣に、同じくらいの大きさのボトルが転がっている。

「ほらほら」

得意げに突き出したそれには「ＬＯＴＩＯＮ」と書いてあった。

「これで滑りよくなんだって」

そんな無邪気にゲットしていいものじゃないと思う。

「そ、それ、どこで買ったの？」

「駅前のドラッグストア」

「変装もせず⁉」

「ここそ買う方が怪しまれるじゃん」

「でも……」

ほんとに隠す気あんのかな、と一歩目から不安だ。

「……それ、もし俺がごめんなさいしたらどうするつもりだった?」

「レシート持ってるから、買い取らせたよ。バーカバーカ! って投げつけて。そんぐらいしてもばち当たんねーだろ」

「……芹沢って、ほんと面白い」

「そうか?」

「うん。そういうところも好き」

「まじで?」

軽く照れるのが分かる。ぎゅっと抱きつきたい衝動に駆られた。頑張ろう。一分でも一秒でも長く、一緒にいられるように。

「好きだから、電気消してくれる?」

「……お前、早くも俺を操縦しにかかってる?」

もとからうす暗いじゃんよ、と不満そうではあったが、ベッドの上の読書灯以外は消してくれた。侑史はその間にもぞもぞ服を脱ぎ、シーツの中に潜り込む。のりが利いているし、端っこがぴっちりとしまわれているのでなかなかうまくいかない。もたついていると戻ってきた航輝がリネンを思いきり引っ張り出す。

「何でホテルのベッドっていちいち封筒みたいになってんだろうな」

「うん」

何もしていないうちからシーツをぐしゃぐしゃにほぐして航輝がベッドに入ってくると、素肌の暖かさがくすぐったいやら嬉しいやらで何だか笑いが止まらない。

「おい、いつまで笑ってんの」

「芹沢こそ」

ふたりでくっついて、悪いキノコでも食べたみたいにひとしきり笑うと、航輝は急に「はだか！」と言った。ちいさい子どもが何でも口に出すのに似ている。

「やべー、すっぽんぽんだよ、何かすげーな、俺ら」

「そうだね」

「っかしーな、他の男だったら一秒で鳥肌立って逃げてるわ」

「あ」

横に並んだ体勢から、上下に向かい合うかたちになる。侑史を組み敷いた航輝は、「あいつと、キスまではしたんだっけ？」と確認した。

「――うん」

「赤くなんなよ、腹立つから」

「そういうんじゃなくて、普通に恥ずかしいから……」

「なあ」

侑史の前髪を指先で弄《もてあそ》ぶ、その仕草が今度はやけに手慣れて映り、どぎまぎしてしまう。ついさっきまで罪のないじゃれ合いにすぎなかったのに。

「なに？」

「あいつに避けられなくて、そのまま普通に告られてたら、つき合ってた？」

「……かもしれない」

正直に白状すると髪を引っ張られた。

「いたっ……だって俺、バカだから、優しくしてくれてるしとか嫌われたら悲しいしとか、そんな理由でOKしたと思う。それでずるずる流されて……最終的には、もっとひどい終わりになったような気がする」

だからやっぱり八木を悪くは思えない。すこし歯車がずれていたら、侑史が八木をひどく傷つけていたに違いない。

航輝がむすっと黙っているので、侑史は慌てて「芹沢は違うから」と言った。

「ちゃんと、自分から好きになったよ」

「知ってる」

短く答え、長いキスをする。交わっているのは一点だけなのに、全身を強く吸引されているように身体の力が抜けていく。背中がシーツに受け止められていても、内臓からすうっと落ちていくような感覚に神経を撫でられて両腕で航輝にしがみついた。

「ん……っ」

すると、口腔を探る舌の動きや、唇を食《は》む唇のうごめきはますますさかんになる。舌のつけ根はそのまま背骨につながっているのか、身体の真ん中からぞくぞくした痺れが根を張る。

「あっ……」

弾力を確かめるように耳たぶを繰り返し甘噛みしながら、左右の乳首に触れる。やわらかかったそこがたちまちぴんと張り詰めるのが、点の疼《うず》きで分かる。指の間で揉《も》まれ、ねじられ、おしつぶされ、その都度快感の針でちくちく刺されているような鮮烈な刺激に身悶《みもだ》えた。

「ん、あ……っ」

指先でさんざんいじられた後は唇で吸ったり舐めたり。尖りきったそこが舌先でいたずらに弾かれると情欲が微細な振動になって侑史をふるわせた。航輝の頭を抱きしめると、音を立てて吸い上げてくる。

「あ——っんん、や——」

「……気持ちいいか?」

「うん……っ」

侑史の頼りない腕をするりと抜けて、頭が下がっていく。胸の下、の腹の下、の、いちばん弱いところへ。

「ああ！　や、やだ……！」

上向きかけていた性器を含まれて思いきり背をしならせる。弧を描いた隙間に空気が通っていくのが分かる。

「だめ、だめだよ、芹沢」

「何で」

「だって——あっ、あ、いや……っ」

むき出しの昂ぶりを包む、生温かくてゆるやかな拘束。そんなところにそんなことをされるのは初めてで、たちまち全身の血が集まるのが分かった。まるで航輝の愛撫《あいぶ》を恋しがるみたいに。もがいているつもりの脚は、更地のシーツにかかとのすじをつけるのが精いっぱいだ。

「あ、あっ！　や、ごめん、やだ、ごめん……っ」

あっという間だった。我慢、を自分に課す余裕すらなく、侑史はくわえられたままいってしまう。脱力とともにくったりした性器を、なお窺うように舐め上げて声を上げさせてからようやく航輝が口を離した。

「何でごめんなんだよ」

「だ、だって」

何も吐き出すそぶりがないことにまた火が出そうな恥ずかしさを覚えて、枕に顔を埋《うず》めた。その傍らに転がっていたボトルに航輝の手が伸びる。

「あ――」

「いいか？」

具体的な手順を想像すると羞恥《しゅうち》で気が遠くなりそうだったが、黙って頷いた。両脚を大きく広げられてぎゅっと目を閉じる。

「あっ……」

つめたくてぬろぬろしたものが身体の奥に触れる。ローションをまとった指は、柔軟さを試すように核心の周辺をまさぐった後、浅く沈んできた。

「う」

顔をしかめると、すぐに「大丈夫か」と覗き込んでくる。不安には違いないけど、その反応に身体の力を抜くことができた。そうか、セックスってテクニックとか勢いより、信頼関係でするものなんだな。

「うん、大丈夫。ちゃんと、最後までしよう」

流されてるんじゃない、と伝わるように目を見て答えると、額に優しいキスをされた。

時間をかけてローションは侑史の内部に浸透し、飲み込んだ指を前後に動かされても痛みを感じなくなる。

「あ、っ、あぁ……」

「挿れるぞ」

「うん……っ」

当たり前だけど指を含ませるようにはいかなくて、でもすこしずつ受け容れながら、自分の中がどんどん満たされていくのを感じた。それは航輝とぴったりつながった瞬間飽和し、涙になって流れる。

「……苦しい？」

「ううん」

「無理すんなよ」

「ほんとに違うから。……芹沢のこと、好きになってよかった」

「何だよ、まだ感動されるほどいいプレイしてねーぞ」

たぶん半分は照れ隠しで茶化しながら、目元を拭ってくれた。

侑史の身体が落ち着くのを待って慎重に腰を揺すった航輝が、「やばい」と言った。

「勉強したことが全部下半身から抜けていくような気がすんだけど」

まんざら冗談でもない口調だった。気持ちは、侑史にもよく分かる。

「……入試終わるまで我慢すればよかったね」

「無理、お前一般だから二月じゃん、遠すぎる」

「じゃあ、この次は入試終わってから」

「それも無理。もう浪人してもいいから毎日やりたい」

「駄目だよ」

目標のために自分を律するのは得意だから、ちゃんと頑張るに決まっている。なのに口だけ駄々っ子なのが何やらかわいくて、いとおしかった。

「……ローション、使い切ったら、今後は俺が買うからね」

「十本ぐらい買っといて」

それはそれは真剣な顔つきで航輝は言って、また侑史を笑わせた。

「芹沢、起きて。入学式遅れるよ」

カーテンを開けて春の陽を思い切り取り入れると、まだ真新しいフローリングは光と影のきれいなツートンカラーになった。明け方に帰ってきた航輝は億劫《おっくう》そうにまばたきをして「羽山は？」と尋ねる。

「ジャケット実家だから、取りに帰ってそのまま大学行くって言ってた」

「まじで？　間に合うんかよ」

朝食を摂りながら、航輝が「あいつ、男できたって」と言う。

「そうなの？　どんな人か訊いた？」

「超草食系」

「へえ」

ほら、と差し出された携帯の画面を見て、侑史は吹き出した。

「何だ……」

草食系には違いないけど。

髪を切って、すこしふっくらしたほたるが、牛と並んで笑っている写真だった。ふしぎなもので、たった数ヵ月テレビに出ないだけで「単なるかわいい女の子」になってしまった。でも、こっちの方がいいという人間だってたくさんいるだろう。

今は、酪農を営む親戚《しんせき》の家で居候《いそうろう》兼手伝いをしている、と航輝から聞いた。仕事はきついが、隣家は百メートル先、という環境だから人目に煩わされることなく、結構のびのびと楽しくやっているらしい。

「返事した？」

「そいつが肉になったら送ってくれって言っといた」

「普通にひどい……」

連れ立ってマンションを出て、電車に乗り込み大学へ向かう。

「カメラとか来てるかな？」

「ほかに何もネタなくて暇ならいるかもな」

「スターだもんね」

「まーな」

車窓のすぐ近く、触れそうな距離に桜並木が枝を伸ばしている。ガラスに映る航輝の顔に、咲きこぼれる花が透けて重なる。

その花びらをぱくんと飲むように、侑史のスターは大きなあくびをひとつした。

あとがき

地方住まい、かつ華やかなスポットに無縁な身の上ですが、それでも何度かは「芸能人」をお見かけしたことがあります。一番印象に残っているのはとある芸人さんで、ベテランというか初老の域、露出が多いともいえず、しかも持ちネタが「薄毛」……と話すと、誰も羨ましがりゃしません。

しかし！　私が目撃した時、彼は粋にジーンズを穿きこなし、周りの空気が一段つややかになったような、えもいわれぬ色気を醸して姿勢よく歩いていました。違う世界の人なんだなあ、と恐れ入ったのを覚えています。書きながらずっと考えていました。

そして私のスターはきらっきらのみずみずしいイラストを寄せて下さったコウキ。先生です。攻と名前がかぶってすみません！　いやというほど楽しかったり、いやというほど恥をかいたりどきどきしたり、十代の溢れる喜怒哀楽が絵の中にぎゅうぎゅう詰まっていて、何度も胸が苦しくなりました。本当にありがとうございました。

またお会いできる機会がありますように。

一穂ミチ

✦初出　ぼくのスター……………書き下ろし

一穂ミチ先生、コウキ。先生へのお便り、本作品に関するご意見、ご感想などは
〒151-0051 東京都渋谷区千駄ヶ谷 4-9-7
幻冬舎コミックス　ルチル文庫「ぼくのスター」係まで。

幻冬舎ルチル文庫
ぼくのスター

2013年3月20日　第1刷発行
2023年4月20日　第2刷発行

✦著者　一穂ミチ　いちほ みち
✦発行人　石原正康
✦発行元　株式会社 幻冬舎コミックス
〒151-0051 東京都渋谷区千駄ヶ谷 4-9-7
電話 03(5411)6431［編集］
✦発売元　株式会社 幻冬舎
〒151-0051 東京都渋谷区千駄ヶ谷 4-9-7
電話 03(5411)6222［営業］
振替 00120-8-767643
✦印刷・製本所　中央精版印刷株式会社
✦検印廃止

万一、落丁乱丁のある場合は送料当社負担でお取替致します。幻冬舎宛にお送り下さい。
本書の一部あるいは全部を無断で複写複製(デジタルデータ化も含みます)、放送、データ配信等をすることは、法律で認められた場合を除き、著作権の侵害となります。

定価はカバーに表示してあります。

©ICHIHO MICHI, GENTOSHA COMICS 2013
ISBN978-4-344-82791-2　C0193　Printed in Japan

本作品はフィクションです。実在の人物・団体・事件などには関係ありません。

幻冬舎コミックスホームページ　https://www.gentosha-comics.net